大家小书

一诗一世界 —— 邵燕祥谈新诗

邵燕祥 著

北京出版集团
北京出版社

图书在版编目（CIP）数据

一诗一世界：邵燕祥谈新诗 / 邵燕祥著. — 北京：
北京出版社，2025. 8
　（大家小书）
　ISBN 978-7-200-15500-6

Ⅰ. ①一… Ⅱ. ①邵… Ⅲ. ①诗歌史—世界—近现代
—通俗读物 Ⅳ. ①I106.2-49

中国版本图书馆 CIP 数据核字（2020）第 050828 号

总　策　划：高立志　　　　策划编辑：司徒剑萍
责任编辑：李更鑫　　　　责任营销：猫　娘
责任印制：燕雨萌　　　　装帧设计：金　山

·大家小书·
一诗一世界
——邵燕祥谈新诗
YI SHI YI SHIJIE
邵燕祥　著

出　　版　北京出版集团
　　　　　北京出版社
地　　址　北京北三环中路6号
邮　　编　100120
网　　址　www.bph.com.cn
发　　行　北京伦洋图书出版有限公司
印　　刷　北京华联印刷有限公司
开　　本　880毫米×1230毫米　1/32
印　　张　11
字　　数　191千字
版　　次　2025年8月第1版
印　　次　2025年8月第1次印刷
书　　号　ISBN 978-7-200-15500-6
定　　价　59.80元

如有印装质量问题，由本社负责调换
质量监督电话　010-58572393

总　序

袁行霈

"大家小书"，是一个很俏皮的名称。此所谓"大家"，包括两方面的含义：一、书的作者是大家；二、书是写给大家看的，是大家的读物。所谓"小书"者，只是就其篇幅而言，篇幅显得小一些罢了。若论学术性则不但不轻，有些倒是相当重。其实，篇幅大小也是相对的，一部书十万字，在今天的印刷条件下，似乎算小书，若在老子、孔子的时代，又何尝就小呢？

编辑这套丛书，有一个用意就是节省读者的时间，让读者在较短的时间内获得较多的知识。在信息爆炸的时代，人们要学的东西太多了。补习，遂成为经常的需要。如果不善于补习，东抓一把，西抓一把，今天补这，明天补那，效果未必很好。如果把读书当成吃补药，还会失去读书时应有的那份从容和快乐。这套丛书每本的篇幅都小，读者即使细细地阅读慢慢地体味，也花不了多少时间，可以充分享受读书的乐趣。如果把它们当成补药来吃也行，剂量小，吃起来方便，消化起来也容易。

我们还有一个用意，就是想做一点文化积累的工作。把那些经过时间考验的、读者认同的著作，搜集到一起印刷出版，使之不至于泯没。有些书曾经畅销一时，但现在已经不容易得到；有些书当时或许没有引起很多人注意，但时间证明它们价值不菲。这两类书都需要挖掘出来，让它们重现光芒。科技类的图书偏重实用，一过时就不会有太多读者了，除了研究科技史的人还要用到之外。人文科学则不然，有许多书是常读常新的。然而，这套丛书也不都是旧书的重版，我们也想请一些著名的学者新写一些学术性和普及性兼备的小书，以满足读者日益增长的需求。

"大家小书"的开本不大，读者可以揣进衣兜里，随时随地掏出来读上几页。在路边等人的时候，在排队买戏票的时候，在车上、在公园里，都可以读。这样的读者多了，会为社会增添一些文化的色彩和学习的气氛，岂不是一件好事吗？

"大家小书"出版在即，出版社同志命我撰序说明原委。既然这套丛书标示书之小，序言当然也应以短小为宜。该说的都说了，就此搁笔吧。

邵先生"拉秧"的小小见证

蒙 木

十七八年前，徐坚忠老师主持《文汇读书周报》，常常来北京组稿，我忠诚地到这个饭局蹭饭。局中常常见到《光明日报》的林凯老师，他对于北京文化界很熟。我接手策划"大家小书"，2016年完成百种计划后，便努力向当代倾斜，于是问林老师，您交游的当代文化人中，谁是当之无愧的大家？"邵先生啊。"林老师向来敬称邵燕祥为邵先生，例如论及徐坚忠，林老师说："徐坚忠是个好编辑，不只我这么说，邵先生也这么说。"

2017年2月24日，我随着林凯老师第一次拜望邵先生，主要听他们拉家常。邵先生这时候已经听力不太好，不时需要助听器帮忙。邵先生非常谦和、温厚，和他犀利的杂文完全不一样；不过他已经八十四岁了，思路清晰让我很惊讶。我同时带了几本书让他签名做纪念，他很随兴，并在《我死过，我幸存，我作证》的环衬上写了："一个小人物走过大时代的足迹和心迹。"字迹秀逸，文气十足。我又得寸进尺让他在《晨昏随笔》上题写一句诗。聊一聊就过午饭时间了，我们赶紧告辞，邵先生坚持送我们到电梯口，说以后常联系，用电子邮件。

次日我接到邵先生的邮件，主要是我拿去让他签名纪念的一本书的勘误表，他宽厚地说："以上皆多敲一下少敲一下造成的也。只怨作者自己，不怨别人。"回邮中，我向邵先生表示，是否有自述方面，或者谈如何写新诗、读新诗的文字，新结集出版。前者，我一直在策划"述往"丛书；后者是为了当代的"大家小书"。隔不久，他确定《邵燕祥自述》可以修订再版。我注意到这本书的文章原是《收获》杂志连载的专栏，总题"尘土京华梦"，便建议再版书恢复"尘土京华梦"，北京出版社出版优秀的京味作品正其所宜，我同时策划了"大家京范儿"丛书，希望用文学艺术的感染力来传扬北京文化。邵先生说："这个书名当然比'自述'有味，但似嫌过于古旧，看能不能想出更好的书名来。"又隔两个月，邵先生发来9个备选书名，并说："今天将要面对的多是比较年轻的几代读者（十年算一代的话），怎样与他们的阅读需要对接，因是已经写出来的文字了，只能就做成的菜，起个让他们多少感兴趣的菜名儿。是否除了我们作者和编者的意向（必定有局限性），也听听管发行的、熟悉市场和对象的同仁们的意见？"这些书名，我却不太喜欢，又建议套用何其芳先生《夜歌和白天的歌》，是否可用"北京夜歌"？又隔一周，邵先生再次发过来3个书名。但大家的意见总是不能达成一致，后来我给邵先生说，还是待定稿后再定吧，那时大家会有更具体的想法。待邵先生把稿子全部整理完，他又拟了"胡同的过往""胡同里的春秋""胡同里的江湖""胡同中的江湖"等几个书名，顺便加解释："里"比较口语；"江湖"比较热闹，也许容易通过。我的上司是老北京人，他说，胡同本身就是一个江湖，"江湖"非常恰切。恰好我们需要落实关于挖掘北京文化、保护胡同等上面交办的任务，最后书名大家确定为《胡同里的江湖》。

图书三审一校后，我把留有校对笔迹的稿子交给邵先生审定并插图。他的审定不仅更细致地打磨文字，添补注释附记等，还对一些修改意见做了驳正，驳正的意见都在边上说明。例如个别"北京"改回"北平"，边上解释——在1949年10月以后才能称"北京"；细枝末节的例如"刘浩然老师国画课"，校对要改为"刘浩然老师的国画课"，他在边上解释——这个"的"不可加；"一排平房，貌不惊人"，他又改回"貌不警人"，边上解释：不是"惊"——"驚"；"朗朗上口"，他又改回"琅琅上口"，边上解释——"朗朗上口"也许已经"约定俗成"，我仍愿"恢复旧观"。他的诸多意见，凡是我觉得易于解释的就都采纳了，有些觉得难以说清楚的还是依了现代汉语的一些规范。看着这份审定稿，我充分意识到：作为诗人、杂文家的邵燕祥先生，编辑琐务他是门清的，确是一位大编辑。

我作为一个图书策划人职业性地喜新厌旧，抓住邵先生做一本再版修订的书心有不甘。于是总是打听他的新作。他还是一如既往地温雅，说："我就像农村的庄稼，这个年纪就是暮秋了，要拉秋了。所以努力先把旧作修订好。"他还善意地说："出书有风险，我不能给你们添麻烦。"我马上学来韩敬群师兄的话回他："您写您能写的，我们出版我们能出版的。"谈话中他透露刚写完五六万字的《论胡风》，我凭经验听书名就知道如果出版该小册子，后面是什么样的漫长流程和结果了。我没有要，邵先生也不勉强我。后来我接到邵先生新完成的又一部书稿，我用邮件问他能否大幅删削，回邮中我们借着谈《胡同里的江湖》的插图问题，交流出版未来的看法，但他没有确定能否删改，我装作懂事也不再问。后来他又送了我一套线装的《邵燕祥自选旧体诗稿》，我注意到其中有些校记，很奇特的是，他把简写或者省略的一些人名都用铅笔在边上补上了。

有一次林凯老师给我说："邵先生不写杂文了，他说当下写杂文写不过网络段子，所以一直坚持写诗。"再见邵先生的时候，我便询问他近来诗作结集的可能性，这就是后来的《日神在左，酒神在右》。为了体现封面的个性，我又央邵先生自己题写书名。我同时夹带私货，将自己编选的一本唐前诗歌选读也让他题写书名。我把自己的稿子电子版发给他，他说他先读一读。过些时候，他认为还不错，但书名不好。于是为了我编选的小册子书名，我们又反复商量几通邮件，我提出拟名"有诗如故"，邵先生说"见诗如故"好："表述为'见诗如故'——看到这些诗，好像老朋友一样。若说'有诗如故'，没有了'见'的语境，那么这些千年以前的诗作本来就是'故'的旧的，却说'如故'，反倒显得不新鲜了。"我觉得"见"字太着力，坚持己见，说自己似乎见过一首元曲有句"幸有诗如故"。最后他把三种题签寄给我，还是写信说，他对元曲不熟，百度一下未见"幸有诗如故"的句子。

如何读邵先生的诗，我还是希望诗人自己来言说，进而言之，谈谈我们该如何读新诗、如何写新诗。邵先生思忖一段时间，决定将《晨昏随笔》重新修订，暂名《一诗一世界》，我先行录入。

2019年末《胡同里的江湖》《日神在左，酒神在右》两编本要陆续下印，我知道有一些读者很忠实地收藏邵先生的著作，便问邵先生身体是否允许做部分签名盖章的毛边本。他非常慷慨地应承下来，说只要不太急就好。后来我们商定，这部分毛边本，他负责签名，我带上一位帮手一起在边上司章。我给他寄毛边本单页的时候，顺便快递了印前样书。

2020年1月14日正值三九，我去邵先生家里，取《一诗一世界》的定稿，他说自己一个校样看了半个月，感慨自己真是老了。我注意到两本印前样书中间夹着一些小纸条，我赶紧索来看看，原来他早仔细检查一遍，觉得还有些待提高的地方，都一一标注了。他说，纯粹属于编校疏忽的例子不多，有些字句只是想改得更好点。

2020年1月21日春节临近，我突然看到徐坚忠老师微信号发过来一条令我极其惊愕的消息："叔叔们，爸爸昨天去世了——徐坚忠的女儿。"我迅速电话查问了一圈上海朋友，消息属实——我怔怔地想：也许天堂要办疫情报，缺少好编辑吧。

天慢慢热起来，我策划的《旗人风华》一书临下印了，我和译写者罗进德先生商量找几位北京文化的名人推荐一下，以利销售。他说，他和邵燕祥先生过去是街坊，《旗人风华》开篇的礼士胡同，过去邵先生也住过。于是，我张罗让邵先生推荐一下这本书。邵先生在邮件里爽快地答应了，并嘱咐我加他的夫人谢老师微信，方便传照片。8月份，《旗人风华》印完，我拿到样书，但邵先生已经看不到它了。他的女儿谢田老师8月3日凌晨众告亲友："父亲前天（8月1日）上午没醒，睡中安然离世。之前读书写作散步如常。清清白白如他所愿，一切圆满。遵嘱后事已简办，待母亲百年后一起树葬回归自然。人散后，夜凉如水，欢声笑语从此在心中。"

邵先生去世后，我所供职的单位还在改革，接着深化改革，包括我本人在内的人事都有所调整，《一诗一世界》的责编也换了，这本书一压好多年，原签的合同2025年也过期了，需找谢田老师续约才能出版。

邵先生自拟《一诗一世界》的"出版说明"里明确写，1985年出版的《晨昏随笔》改订重版，"曾在《文艺报》和《文汇报》所开'彼岸他山'和'分享诗情'两个专栏的文字附后"。"晨昏随笔"部分主要记叙包括冯雪峰、郭沫若、高咏、孙犁、魏巍（红杨树）、胡风、袁水拍、杜运燮、秦泥、徐迟、王若水、舒婷、孙桂贞、黄永玉、毕朔望、高深、柯原、章大鸿（水飞）、苏金伞、俞平伯、戴望舒、沈尹默、董鲁安、吴世昌等诗人，以及少数外国诗人雨果、屠格涅夫、艾吕雅、西蒙诺夫等；"彼岸他山"部分主要记叙陈启佑（江山之助）、洛夫、袁德星（楚戈）、蒋勋、李魁贤、董平（向明）、张默、高準等8篇，都写于1988或1989年；"分享诗情"随笔部分主要记叙胡昭、冀汸、陈明远、毕朔望、金克木、刘荒田、蔡其矫、孙越生、彭燕郊、杜运燮、周定一、昌耀、梁小斌等13篇，大多写于1997或1998年。记叙这些诗人，并非记叙他们生平成就，而是读他们一首或者两首诗，把这些作品连缀起来，基本上是邵先生关于20世纪的一本政治抒情诗选，"在某一方面打动我，使我动情，并且感到这是诗人情动于中或独具只眼之作，因而引起共鸣的。我以为，好诗起码包含着一定的感情和思想的信息"（《分享诗情·小引》）。

《晨昏随笔·序》说："这本小书只是一些随想和杂感，多数谈的是我所爱读的诗，间或也有几句对初学写诗者的建议……涉及诗人诗作，也不按照文学史排定的座次名单；想起什么写什么，想到哪里写到哪里。关于我自己的诗，以及谈诗时常涉及自己，我也是心里怎么想嘴上怎么说，力求如促膝谈天，而不正襟危坐；不敢自以为是，也不故作谦虚。"也就是说这本书还有四分之一是邵先生谈自己写诗改诗的，包括诗歌的语言组织、语调、意象、结构、风格、新旧体式等等，为了说明问题，这里还拿来不少旧体诗歌、民歌民谣、外国诗歌等等，新诗的成长是必须有所镜鉴的。

本书系随笔式的写法，由诗而事，因世而诗，娓娓从容，确是符合古代诗话之例，没有刻意营构体系，读来轻松，但内容宽广，包括读诗、写诗、选诗等等。怎么想，怎么说，话都不长，但均是邵先生自己反复咀嚼的自得之见。古远清《读邵燕祥的诗歌评论》说，"邵燕祥关于诗歌批评标准的看法，他提出了一个'健康'的概念……'健康，意味着新生、发展、向上、进步、积极。'……邵燕祥诗论的一个特点：没有奇崛的笔法，没有毕露的锋芒，和他的为人一样，朴素又诚恳。但他的诗论也正如他的诗一样，素淡中见深刻"。

目　录

第一编　晨昏随笔

一诗一世界：邵燕祥谈新诗

三、关于我自己的诗

四、关于读诗和写诗

第二编　彼岸他山

第三编　分享诗情

第一编　晨昏随笔

序

　　为什么叫随笔？我写着随便，您读着也随便。我一早一晚插空写一点儿，也就供读者在饭后茶余、灯前枕上随便翻翻。属于鲁迅所说"随便翻翻"那一类的书；有兴趣就多翻两页，没兴趣随手放开。同意也好，不同意也好，都随您的便。好在所谈无关宏旨，谁也不必跟谁强求一致。

　　随笔百则，围绕着读诗与写诗。人们说文艺作品是精神食粮，爱把作者和读者比作厨师和吃主儿的关系。围绕着精神食粮的议论，打比方说，也有这么几层：有的是饮食服务公司经理和书记们的指示，有的是二商局附属服务学校烹调班老师的指导，有的是著名的美食家、品尝家的"顾问"性的指点，有的是特级厨师向新学徒传经……我在这里呢，是虽然贪嘴，却于吃上并不内行，只是不忌口，从京、广、川、苏的风味到新张、老店以至零担小吃都有兴趣，喜欢尝尝而浅尝辄止，有时啧啧称赞，又说不出所以然。所知者少，就不多说；所知者浅，就不深说；不过于大饭店和名菜之外，所谓犄角旮旯的地方特别多提醒一声两声，如果吊起您的胃口，还须您亲自品味，归结起来，仍是随便二字而已。

我喜欢笔记这种随便的文体，搜奇志怪、"姑妄言之"的东西都充过我小时候的精神食粮；后来读前人诗话，吉光片羽，深意自见，常觉得胜过大部头讲义。学写新诗以来，总以不见关于新诗的诗话为憾。不久前到王府井书店，老远看到玻璃展柜里摆着那么一本，赶紧向售书的姑娘说："请你拿这本《新诗话旧》我看看！"她瞥了我一眼，似笑非笑地纠正说："《旧诗新话》！"原来是中国书店影印的刘大白的旧著，书名还是由右向左排的。我倒笑了。归路上想起王渔洋的一则笔记：

　　顷有太学生某来谒，言近日旗下子弟竞尚一书，书肆价直为之顿贵。因叩何书，某俯首久之，对曰："似是《文选昭明》。"余匿笑而罢。

售书的姑娘或亦以我为这位太学生乎！

其实我还有点儿自知之明，很怕干出假充斯文的事。这本小书只是一些随想和杂感，多数谈的是我所爱读的诗，间或也有几句对初学写诗者的建议；东鳞西爪，点点滴滴，缺乏理论色彩，观点不成系统，涉及诗人诗作，也不按照文学史排定的座次名单；想起什么写什么，想到哪里写到哪里。

关于我自己的诗，以及谈诗时常涉及自己，我也是心里怎么想嘴上怎么说，力求如促膝谈天，而不正襟危坐；不敢自以为是，也不故作谦虚。作者与读者应该是朋友，朋友之间板起面孔打官腔，还有什么意思？

这本小书里还有几篇读书的摘记或索引，如关于诗词曲的语言问题，由于我没有研究，述而不作，能不歪曲原意就好。

邵燕祥

一九八四年四月九日

一、读新诗

革命者的内心

雪峰是真正的诗人，虽然《雪峰的诗》中只留下不多的作品。唯其他真正懂得诗，他并不滥用诗笔；我想这是除了别的原因以外，他只在一九二一至一九二三，一九四一至一九四二这两段时间有诗作遗留的原因。后一时期他被囚在敌人的上饶集中营里，《真实之歌》《灵山歌》二辑共留狱中作近四十首。

这些诗里写对生命的渴求，对朋友的怀念，对美的忆念和向往，对不屈的英烈的哀念和思慕。由于铁窗限制了作者的自由，遮断了生活的视野，作者于是更侧重于内心的剖白，真实地记录着情绪的波动，甚至刻画内心的矛盾，而不去空求完美与和谐。他不是在作诗，而是不能自已地寄情于诗。但从这些不假雕饰加工的情绪的记录里，可以看到的是一个革命者真实的活生生的内心感触，或者叫作"融解在心灵中的秘密"吧。这也许恰恰是特殊条件的局限促成了他向内心开掘的纵深；也可能是同样的原因，成全了他运用象征手段的相当的高度。在这方面如《孤独》的艺术特色是突出的。而狱中生活使他不能安宁地、恬静地将文字熔铸成篇，像《短章，暴风雨时作》中就看出急就痕迹的直抒胸怀，诉诸理性。这为什么也能同样感人，也是很值得思考的：

  ——小小的鸟儿！你们也能抵挡暴风雨？

  不，你们冲向暴风雨，你们驾御暴风雨，

  你们有这自信！有这力量！有这志趣！……

  暴风雨到了！哦哦，暴风雨……

  人可以想象我的悲哀！

  我的快乐！

  我的愤怒！

  我的沉默！

  我和你们在同一时代，

在同一地带!

我和你们有同样的胆力和心情,

你们是我的志趣,

你们有这自由!……

——《燕子们》

忍耐是不屈,

而愤怒是神圣,

顽强简直是天性!

　　但这一切都是为了爱,

于是又添了憎恶

　和蔑视,

镇定地,对着宙斯的恶德和卑怯!

而这些,都由于火,——

而火归给人类了,

而所有这些都归给人类了!

雷电呵,你这天上的火和力的使者,

你能奈他什么呢?

——《普洛美修士片断》

在《哦，我梦见的是怎样的眼睛》和《凝视》这样抒写友谊、亲情、生命并寄托着理想和情操的真正的抒情诗里，写出了过去的诗中从没有出现过的境界，写出了作者独有的细微的感觉、幻觉，以及深刻的内心体验。前者篇幅过长，不具引，《凝视》是这样的：

> 你究竟是谁呢，这样光彩，这样晶莹？
> 或者就是你，希望？还是你呢，光荣？
> 就是你自己么，永远美光奕奕的生命？
>
> 那么，你并没有离开我，
> 你们都并没有离开我！
>
> 唉唉！怎样的虔诚的骄傲，
> 更是怎样的骄傲的虔诚！
> 好像大风刮过保育的大野，
> 是你对着我呵；
> 好像农夫弯着腰，
> 扶起被风吹倒的作物，
> 是我对着你呵。

那么，你并没有离开我，

你们都并没有离开我！……

比起诗歌史上一系列熟悉的名字，雪峰是只献出薄薄的三四本诗集的作者。然而他这不多的诗作，却是彻底摆脱了传统诗律和滥调的羁绊的，真正的自由诗，真正的新诗，真正的抒情诗中值得研究的一份遗产；特别是二十世纪四十年代初的狱中诗，是在摒除了世俗的关于诗的种种意念的干扰的情况下，以全生命写下的心灵的真实之歌。至于诗艺，是作为作者整个的思想、文化教养的组成部分不自觉地起作用的。

而关于冯雪峰同志的诗的认真的研究，至今几乎还没有。在当前诗坛上，这可能要算冷门吧。

从凤凰到雷电

郭沫若，作为一个"五四"狂飙时期浪漫主义诗人的艺术生命，发轫于《凤凰涅槃》，这是没有什么争议的。后来他从事社会政治、文艺创作、学术研究等众多领域的活动，公认他的二十世纪四十年代的历史剧是文学方面的又一次花期；至于诗，除了"去国十年余泪血，登舟三宿见旌旗"那首步鲁迅原韵的七律以外，似乎就降到次要地位了。

然而，我以为，郭沫若五十岁以后的诗，也并不是全无足道的。史剧《屈原》中的雷电独白，其实正是这位诗人的压卷之作。

近年的诗歌选本、散文诗选本，似乎都不选这段被称为《雷电颂》的、洋洋洒洒千五百言的长篇独白，尽管它比经常入选的郭沫若后期诗《骆驼》更是郭沫若式的，并且比起大量散文诗更具备情思是诗的、而语言是散文的这一散文诗的典型特点。可能是把它视为剧诗的缘故。但是，徐迟说得好，屈原并不是暴风雨的性格，《天问》比审判更符合屈原的性格逻辑。所以，这一段独白虽出诸剧中人屈原之口，不过是郭沫若借他人之酒杯。把它视为郭沫若一首可以独立成章的抒情长诗，是未为不可的。

叫风咆哮，叫电光闪耀……劈开……炸裂……爆炸……燃烧……叫一切沉睡在黑暗怀里的东西毁灭：这使人想到李白的"我且为君捶碎黄鹤楼，君亦为吾倒却鹦鹉洲"；然而，"火！……我知道你就是宇宙的生命，你就是我的生命，你就是我呀！我这熊熊地燃烧着的生命，我这快要使我全身炸裂的怒火，难道就不能迸射出光明了吗？"却使人毫不迟疑地联想到《凤凰涅槃》。

这篇雷电独白就是"五四"时期的《凤凰涅槃》在二十世纪四十年代的回声。

〔附〕《屈原》第五幕第二场　屈原独白全文

风！你咆哮吧！咆哮吧！尽力地咆哮吧！在这暗无天日的时候，一切都睡着了，都沉在梦里，都死了的时候，正是应该你咆哮的时候，应该你尽力咆哮的时候！

尽管你是怎样的咆哮，你也不能把他们从梦中叫醒，不能把死了的吹活转来，不能吹掉这比铁还沉重的眼前的黑暗，但你至少可以吹走一些灰尘，吹走一些砂石，至少可以吹动一些花草树木。你可以使那洞庭湖，使那长江，使那东海，为你翻波涌浪，和你一同地大声咆哮呵！

啊，我思念那洞庭湖，我思念那长江，我思念那东海，那浩浩荡荡的无边无际的波澜呀！那浩浩荡荡的无边无际的伟大的力呀！那是自由，是跳舞，是音乐，是诗！

啊，这宇宙中的伟大的诗！你们风，你们雷，你们电，你们在这黑暗中咆哮着的，闪耀着的一切的一切，你们都是诗，都是音乐，都是跳舞。你们宇宙中伟大的艺人们呀，尽量发挥你们的力量吧。发泄出无边无际的怒火把这黑暗的宇宙，阴惨的宇宙，爆炸了吧！爆炸了吧！

雷！你那轰隆隆的，是你车轮子滚动的声音！你把我载着拖到洞庭湖的边上去，拖到长江的边上去，拖到东海的边上去呀！我要看那滚滚的波涛，我要听那鞺鞺鞳鞳的咆哮，我要飘流到那没有阴谋、没有污秽、没有自私自利的没有人的小岛上去呀！我要和着你，和着你的声音，和着那茫茫的大海，一同跳进那没有边际的没有限制的自由里去！

啊，电！你这宇宙中最犀利的剑呀！我的长剑是被人拔去了，但是你，你能拔去我有形的长剑，你不能拔去我无形的长剑呀。电，你这宇宙中的剑，也正是，我心中的剑。你劈吧，劈吧，劈吧！把这比铁还坚固的黑暗，劈开，劈开，劈开！虽然你劈它如同劈水一样，你抽掉了，它又合拢了来，但至少你能使那光明得到暂时的一瞬的显现，哦，那多么灿烂的，多么炫目的光明呀！

光明呀，我景仰你，我景仰你，我要向你拜手，我要向你稽首。我知道，你的本身就是火，你，你这宇宙中的最伟大者呀，火！你在天边，你在眼前，你在我的四面，我知道你就是宇宙的生命，你就是我的生命，你就是我呀！我这熊熊地燃烧着的生命，我这快要使我全身炸裂的怒火，难道就不能迸射出光明了吗？

炸裂呀，我的身体！炸裂呀，宇宙！让那赤条条的火滚动起来，像这风一样，像那海一样，滚动起来，把一切的有形，一切的污秽，烧毁了吧，烧毁了吧！把这包含着一切罪恶的黑暗烧毁了吧！

把你这东皇太一烧毁了吧！把你这云中君烧毁了吧！你们这些土偶木梗，你们高坐在神位上有什么德能？你们只是产生黑暗的父亲和母亲！

你，你东君，你是什么个东君？别人说你是太阳神，你，你坐在那马上丝毫也不能驰骋。你，你红着一个面孔，你也害羞吗？啊，你，你完全是一片假！你，你这土偶木梗，你这没心肝的，没灵魂的，我要把你烧毁，烧毁，烧毁你的一切，特别要烧毁你那匹马！你假如是有本领，就下来走走吧！

什么个大司命，什么个少司命，你们的天大的本领就只晓得播弄人！什么个湘君，什么个湘夫人，你们的天大的本领也就只晓得痛哭几声！哭，哭有什么用？眼泪，眼泪有什么用？顶多让你们哭出几笔湘妃竹吧！但那湘妃竹不是主人们用来打奴隶的刑具么？你们滚下船来，你们滚下云头来，我都要把你们烧毁！烧毁！烧毁！

哼，还有你这河伯……哦，你河伯！你，你是我最初的一个安慰者！我是看得很清楚的呀！当我被人们押着，押上了一个高坡，卫士们要息脚，我也就站立在高坡上，回头望着龙门。我是看得很清楚，很清楚的呀！我看见婵娟被人虐待，我看见你挺身而出，指天画地有所争论。结果，你是被人押进了龙门，婵娟她也被人押进了龙门。

但是我，我没有眼泪。宇宙，宇宙也没有眼泪呀！眼泪有什么用呵？我们只有雷霆，只有闪电，只有风暴，我们没有拖泥带水的雨！这是我的意志，宇宙的意志。鼓动吧，风！咆哮吧，雷！闪耀吧，电！把一切沉睡在黑暗怀里的东西，毁灭，毁灭，毁灭呀！

诗人高咏

二十世纪四十年代听唱"清漳河，清漳河，清漳河畔少女之歌……"，后来读到袁水拍《刻在高咏的墓碑上》一诗的注文，才知道歌词是高咏所作。袁诗写于一九四三年：

当敌人开始搜山，走近高咏的时候，
年老的岩石掩蔽他，来到他的身旁，

亲人似的松树抱住他，伸出她的臂膀，
满山的飞鸟一千只，一齐从天上飞下……

但是他们的爱护没有能把凶犯阻挡！
当我们的青年诗人倒在太行山上的时候，
太行山咬紧了牙齿，眼睛里射出火光，
他怎么能咽下亲子的血呀！残暴的敌人！

漳河，清漳河，哀悼吧，高咏是你的诗人！
漳河，清漳河，哀悼这新中国的民谣诗人！
漳河的女儿们在河滩上停止了洗衣裳，
掩着脸，让漳河唱出她们的共同的哀伤。

舍不得你的——是亲人，同志和敌后的人民；
杀你的——是法西斯蒂，世界文化的敌人；
他们杀过洛尔珈和康福特，和你一样年轻；
为你报仇的——将是我们，记下这仇恨！

诗注中说，"《漳河女儿歌》，高咏作，曾见于香港《星岛日报》。希望有人把诗人的遗作收集，让大家吟唱"。

四十年间，诗人高咏的遗作竟未能收集起来。一九八一年底，我和曼晴同志会于唐山，说起高咏。不久，曼晴同志把一份一九四一年六月二十一日《新华增刊》（第12期）复印件寄我，上有高咏的歌诗《开荒》：

　　　　太行山呀，

　　　　山峦万里长……

　　　　山峰似牧童，

　　　　白云像群羊；

　　　　山沟里流过五月的太阳；

　　　　风鼓着麦浪，

　　　　麦浪金样黄；

　　　　遍山的核桃树，

　　　　散着苹果香；

　　　　还有那遍山的农民呀，

　　　　他们——

　　　　嘴唱着歌儿手在开荒……

　　　　将旱地呀，

　　　　插上绿稻秧；

荒山铺上土；

挂起青纱帐；

给土地母亲换上新装；

用两只手臂，

改变干河床；

清漳河的两岸，

是一个谷仓，

还有那遍山的歌声呀，

唱出——

太行山五月儿好风光。……

新的天地，新的感情，新的诗歌。它是歌词，但不是只有韵脚，而且有诗；它是自由诗，但不拖沓松散，有歌的节拍。

希望有人把收集高咏遗作的事情办起来。希望他当年的战友中的幸存者能写一点儿关于他的回忆；关于高咏，我们知道得太少了，这位抗战中牺牲的年轻诗人。我猜想"高咏"也许不是他的本名，"余亦能高咏，斯人不可闻"，或是取义于此吧。

囚徒歌

解放初期，我曾经从报刊上抄录过一些革命者在敌人监狱里的囚歌。

《新中国妇女》第五期《记李大姐》中引诗片段：

> 吊着我们的身，
>
> 铁锁重门，
>
> 吊不住我们的心……

此诗在后来的有关书籍中未见收集。

新华社电讯关君放报道迪化（今名乌鲁木齐）监狱一文，引林基路同志《囚徒歌》，中落三句，萧三编的《革命烈士诗抄》（一九五九）已补足，还有些词语不同，不知是所据传本出入，还是经过编者润色。这首歌激昂悲壮，义正词严，是当代的《正气歌》：

> 我噙泪低吟民族的史册，
>
> 一朝朝，一代代，
>
> 但见忧国伤时之士，

一诗一世界：邵燕祥谈新诗

赍志含怨赴刑场。

血口獠牙的豺狼，总是跋扈嚣张……

（中略）

囚徒，新的囚徒，坚定信念，贞守立场！

砍头枪毙，告老还乡；

严刑拷打，便饭家常。

囚徒，新的囚徒，坚定信念，贞守立场！

掷我们的头颅，奠筑自由的金字塔，

洒我们的鲜血，染成红旗，万载飘扬！

关君放文说"铁窗风味，便饭家常，砍头枪毙，告老还乡"是季米特洛夫在狱中的话，此说不知出处。

我还从一九四九年底或一九五〇年初关于在"中美合作所"牺牲烈士的报道中，抄录了何敬平的《囚歌》。这首诗后来在四川出版的《囚歌》一书和北京出版的《革命烈士诗抄》（一九七八）中，都题作《把牢底坐穿》，缺中间八行。我揣想，前者可能是何敬平烈士原诗，后者可能是何敬平烈士在狱中自己谱成歌曲时经过删削后的歌词。现将题作《囚歌》的诗抄在下面，单行本所缺的八行用括弧标出。如果我的揣想符合实际的话，我以为原诗与歌词可一并流传。

为了免除下一代的苦难，

我们愿，

愿把这牢底坐穿。

（这是混乱的日子，黑夜被人硬当作白天，

在人们的头上，狂舞的人们享福了，

在深沉的夜里，他们飞旋于红灯绿酒之间。

呼天的人是有罪的，

据说，天是不应该被人呼喊，

而它的位置却是在他们脚底下面，

牢狱果真是为善良的人们而设的么？

为什么大家的幸福被少数人抢夺霸占？）

我们是天生的叛逆者，

我们要把这颠倒的乾坤扭转！

我们要把这不合理的一切打翻！

今天，我们坐牢了，

坐牢又有什么稀罕？

为了免除下一代的苦难，

我们愿，

愿把这牢底坐穿！

孙犁和红杨树的两首诗

孙犁同志写白洋淀的散文、小说，无论人物语言还是叙述语言，都从地方群众口语中净化、提纯、升华为优美的艺术语言，这是人所公认的了。他的诗也多用散文式的口语，有一种冲淡质朴之美。

而我独爱其《山海关红绫歌》。诗写于一九四九年初第四野战军进关之时，发表于《天津日报》副刊；二十世纪五十年代初出版过以此为书名的一本普及版的小册子，六十年代初收入《白洋淀之曲》；想来《孙犁文集》会收入的，我还没有见到。可能由于写作时间早于开国，凡新中国成立以来的诗选本都置之不顾，这是很可惜的事。

孙犁的新诗多不用韵，这一首则押韵；节调有北方唱词风，在对山海关历史的征战遗痕一唱三叹的同时，写出当地劳苦人民历尽长夜，迎接黎明，以由衷的喜悦，箪食壶浆接待大军。内容和形式相当完满地统一，人民的深情和历史的感慨，通过植根于民族语言土壤的音色、语调表现出来，诗味十分醇厚。

与孙犁这一首诗语言风格相近的，有红杨树（魏巍）

的《两年》，发表在一九四九年《天津日报·文艺周刊》上（先后收入作者的《两年》和《黎明风景》两本诗集）。这首诗写我军从张家口撤退后经过两年转战，重返这座城市，其中有些段落明显地采用了北方说唱中"三三四"的句式。不仅仅是这些，通篇一方面仍是散文的句法，一方面又注意了大致押韵，大致对仗，所以它比格律化的诗体显得挥洒自如，比一般的散文语言，富于贯串全篇的节奏，仿佛脉动有节，而血流活络。这首"再寄张家口及其兄弟的城"，在这方面比作者一九四五年写的《寄张家口》，更大大纯熟了。这首《两年》可以说是诗人诗创作的一个高峰。可以看到这是作者对于诗歌语言形式的一个尝试和探索，可惜后来没有继续下去，他转而主要致力小说和散文了。

〔附〕《山海关红绫歌》

当山海关的脚下，一只勤谨的雄鸡，叫了报明的头一声；

在街上，谁家这样早起？雪白的窗户上，透出了红灯的光明。

莫不是，党的小组会，还没有散？莫不是，劳动妇女的机杼，还没有消停？谁家的老汉，要早起拾马粪？莫不是，村里的民兵组，要早起出征？

关上的雄鸡叠声唱遍，北斗星的勺柄，敲醒了角楼上的风铃；东方的太阳，刚在大海底下腾起；风霜正吹打，西边的长城！

小小的窗户上，灯火更亮；有一个小姑娘，低言悄语，叫了一声。

她叫醒她的老奶奶，问问老人：鸡叫几遍，天才会明？

她在灯下打开花包裹，从里面抖出五尺红绫，红绫上边绣着字，四个大字："人民英雄！"

姑娘在灯下端详着，左看右看笑盈盈。她想起了那青年战士红红的脸，军帽沿上，挂着冰凌。

她想起他那宽皮带，肩上的三八枪，挺拔的身形。她想起，她已经三年没有见过他；为了人民，他们转战南北和西东！

屈指算算新年就近了，他们是不是就要进关，攻打天津和北京？

从关外到关里，他是不是要走别的路？

这是一条大路，这是一条熟路，他不会对山海关的人民，那么忘情。

是他来了，我们才有了好日子过；是他来了，我年老的祖母，才能温暖过严冬。

是他来了，我才在冬夜，不再流眼泪；是他来了，我才从黑夜，过到天明。为什么现在天还不亮？他们从沈阳城里，哪天起程？

黑夜间思想，白天门前站，今天该不会又放空？

睡不着觉了，就叫醒老奶奶；千年万年的老话，讲给孙女儿听。

老奶奶说：老家原在关里住，不能生活才走关东。老爷爷在窑上，拓坯累死；老奶奶拖儿带女，受尽苦情！流落到山海关，不能再走；开个小铺，搭间席棚。五十年的岁月尽是泪，经过多少变乱，担过多少惊？

西首是长城，东首是海；山海关，是南天北地一个喉咙。

几千年，多少人马从这里过，马粪囤街齐窗平。

号角吹翻碉楼上的瓦，铁蹄踏碎，石头长城！老年的箭头，拾来打铁；做饭没柴，去拣雕翎。早晨的太阳，夜晚的月，不是风声，就是枪声。

小姑娘说：过去的争战是帝王富，今天的战士，是给人民立功。老奶奶，可还记得那个小战士？他的老家也在冀中。三年前的冬天，在这里过，热炕烫得他脊梁疼；他又要打从这里过，回到关里解放北京。

小姑娘，眼放光，小小的耳朵，贴在窗纸上。远远的石路，有响动，是不是解放军的前哨，到了街那厢？

　　小姑娘，巧梳妆，一面小镜，放在窗台上。她把红绫往自己身上挂，面对着镜子，细端详。面对着镜子，她抿嘴笑，披红挂彩的人儿该来到了！

　　血红的太阳，海面上起；关上的铁铃，响叮当。

　　小姑娘，出房来，茶水点心挨户排，秧歌队的锣鼓动地响，震得大海起波浪；毛主席的大像，高高挂，太阳照在山海关上！

　　青年的队伍在街上过，排头到了关口上；一样的衣裳，一样的炮，一样的年青，一样的光芒！

　　小姑娘，红红脸，红绫飞上了战士的肩，当街的群众喝声彩，红花开遍山海关！

　　　　　　一九四九年一月　旧年的除夕

《塞北晚歌》

　　人们常常谈起西蒙诺夫的《等待着我吧》，说表现了苏联红军战士在卫国战争中的一种典型情绪。我以为红杨树（魏巍）写于一九四五年十一月的《塞北晚歌》，可说是西蒙诺夫那首战时抒情诗的东方姊妹篇。

后来，在抗美援朝战争中，作者以战地通讯《谁是最可爱的人》，把"最可爱的人"这个献给志愿军战士的光荣称号引进亿万人的语言中。其实早在五六年前，他笔下的"可爱的人"则是八路军战士对未婚妻的称谓。人民和子弟兵，通过诗人的心，这样互相呼应着。

诗的题记中，说这是寄给"一个淳朴的乡村的女儿"的。第一节这样开篇：

我们的部队／来到塞外

原谅我／在千里之外／我才向你告别

月亮照着战壕／忍不住／将你思念

谁叫我／在织布机旁／将你碰见／谁叫那琐碎的日子／在我们的身边流连

我埋怨／我在千里外／就看见了你秋收的镰刀

我埋怨／在哗哗的水声里／听见你赤着脚／从河那边走到这边

我埋怨／不知埋怨我／还是怨你

它要侵占／一个战士防卫的时间

接着，在第二、三两节里写到"猛然／炮火又来轰击我"，于是我想起"你和我的老解放区"的种种牵人怀想的情景，然后，忍不住问：

可爱的人哟／你们那里／是不是也有了炮声呢

那炮声／是不是震动了我的老解放区

请你告诉我吧／我今晚是这样的系念／今晚／就是解放区的一块石头／也是我心爱的

最后推出了不想说但又不得不说的心底的话：

可爱的人哟／密约改期吧

虽然／那是抗战八年的战士／和你订的／在胜利的日子和你慎重订定的

可爱的人哟／密约改期吧

人家的炮火／既然轰到老解放区／想把我们的骨头炸成碎粉／还谈什么密约呢

可爱的人哟／密约改期吧

拿什么武器的／还拿起什么武器／可爱的人哟／密约改期吧

一句"可爱的人哟／密约改期吧"，在这短短的第四节里重复四次，而不觉重复，这是情感的需要。它标志着情绪的高潮，也标志着这首抒情诗所包含的事件的高潮：战士将把不久前抗战胜利时的欢乐、希望，这种欢乐、希望同爱情凝结而成的密约一起装进子弹袋，走向保卫胜利果实、争取人民解放的惨烈的战场。抒情诗主人的心潮激荡，通过"可爱的人哟／密约改期吧"，引起读者的心潮激荡。

附带说一句，全诗如果在这里戛然而止，可能更吸引读者倾听自己心中的和遥远的千里外原野上的回声，而像现在这样加上个第五节，要告诉"游击组的兄弟"，"枪不要生锈／地雷也不要受潮湿"，反而杜塞了读者的想象，切断了诗的余音。

气　势

过去文章家讲究气势。九曲黄河，奔腾澎湃；万里长江，直泻无余。不搔首弄姿，不吞吞吐吐，浑然无斧凿痕迹，是很高的境界。

胡风在一九五一年写的两首抒情长诗：《雪花对着土地说》《睡了的村庄这样说》，就都是这样一气呵成，热情如喷之作；每首百余行，一发而不可收，真是行于其所当行，很难在哪一行上随意"带住"。大量的排比句，使你觉得都是不可缺少的，自然涌出，绝非凑泊。

这两首诗，《村庄》我是在一九五三年《人民文学》上读到，《雪花》却是直到一九八一年才在《诗刊》上读到的。前者发表时，在放眼只见大体整齐、押韵的半格律诗之际，确实一新耳目，带来一片新鲜的气息。我只见皮毛，曾模仿着写了一首拟人化的《大伙房水库对官厅水库说》，失败了，才放弃而改写成后来发表的那样的《在大伙房水库工地上》。我当时只看到胡风的诗采取了拟人化的构思，没有理解这首诗的气势一贯、一往情深，绝不只是得力于拟人化的手法。因气势是基于生活的积累、激情的勃发和艺术的功力，不是照猫画虎就能学来的。

胡风的新诗，也是二十世纪三十年代以来最少旧诗词曲影响的一家。他对自由诗的发展是有其不可磨灭的贡献的。

我读诗很杂，然而最初激起我尝试写诗的热情的，不是朱自清编的《中国新文学大系·诗集》，而是胡风编的"七月诗丛"第一辑。所以，我在一九五六年初，在参加中国作家协会时申报文艺学习的经历，仍不讳言受到"七月诗丛"影响而走上写诗的道路。尽管在一九五五年对所谓"胡风反革命集团"

的斗争中，我也随声附和地写过声讨的诗，伤害过曾经带我上路的人。

袁水拍《火车》

在揣摩诗中意境的时候，我常常把诗分为两类。一类虽叫新诗，意境却是旧的，旧诗词里写过，甚至前人写得更好，更加曲尽其意；还有一类，它的意境是旧诗词里没有的，在我见过的新诗里也还没有人这样写过，给我一新耳目的感觉。我偏爱这后一种，哪怕艺术表现上粗糙一些；但诗人构思上的出新，就是一种创造，当然不是靠苦思冥想，而是靠真切的生活感受，不过也确是从诗人独具的"只眼"得来，包含着艺术上探索新的角度、新的表现方式的苦心。

袁水拍一九四〇年写的《火车》，置于《沸腾的岁月》一集卷首的，我认为就是这样一首有新意的诗，提供了一个新的意境；写相思相约的感情不是在花前月下，而是在极其日常的又是典型的环境中，在能够唤起人们共同的情绪记忆的"火车叫"声和火车颠簸中；诗人如此具体地描写了火车上和小站上的情景，就使诗中的相思与"想佳人、妆楼颙望，误几回、天际识归舟"区别开来了，因而分外显得真实可信。我每次乘火

一诗一世界：邵燕祥谈新诗

车或到车站接人，都情不自禁地要想起这首诗，于此也可见诗的魅力吧。

〔附〕《火车》

想听一次火车叫，让我听一次火车叫吧，

因为我是这样地想听一声火车叫呀！

你忘记了吗，火车是怎样叫的？

半夜里，在枕头上，它叫了。

从远远的旷野里传过来的声音：

呜，呜，呜，好像就在我的身边。

我能从这声音里分别那是一辆货车，

那是一班快车，那是一班特别快，

清清楚楚看得见烟囱里的烟，

看得见冬天的夜，水气迷糊的车窗，

窗子里的灯光和人脸，

所有的旅客靠在椅子背上，

打呵欠，张开眼睛，或者闭着，

在担心，在希望，在等候，

他们想念中的各自的一个站头。

而其中，那个支着头的一个，

正是我所约好的人。

哎，趁（乘）一次火车吧，让我趁一次火车，
因为我必须要坐在摇荡的车厢里，
那回忆里的火车，亲爱的火车。
呜，呜，呜，火车叫得这样好听！
驶到那种小到不能再小的车站，
四等慢车才肯停留两分钟的小车站，
没有电灯的小乡镇，
车站上只有一个警察守夜。
只有一个点了的火把迎接这末班的夜车，
只有一段铁轨吊在梁上，
嘡！嘡！嘡！迎接这奔波喘气的来客。
没有人来迎接这末班车的稀少的旅客，
只有一个，在那月台上，
裹在围巾里的脸，冻得通红，
正是我所约好的人。

赋静物以动态

赋静物以动态，古今中外的诗篇不乏其例。当然，不是主观随意，而是作者的思想感情合乎逻辑地融入客观静物，同时不违背后者本身的特征，才可能成为好诗。所以这不是一个技法问题，可以到处套用的。

二十世纪四十年代西南联大的学生，抒情诗人杜运燮笔下的滇缅公路就是这样——

> 在荒废年久的森林草丛间飞奔：
> 一切在飞奔，不准许任何人停留，
> 远方的星球被转下地平线，
> 拥挤着房屋的城市已到眼前，
> 可是它，不许停，还要走，还要走，
> 整个民族在等待，需要它的负载。

由于这条路是以为抗日战争输入辎重物资的名义而开辟、而繁忙，年轻的诗人有理由对它寄予厚爱：

路永远使我们兴奋，都来歌唱呵！

这是重要的日子，幸福就在手头。

看它，风一样有力，航过绿色的田野，

蛇一样轻灵，从茂密的草木间

盘上高山的背脊，飘行在云流中，

俨然在飞机的座舱里，发现新的世界，

而又鹰一般敏捷，画几个优美的圆弧

降落下箕形的溪谷，倾听村落里

安息前欢愉的匆促，轻烟的朦胧中

溢着亲密的呼唤，人性的温暖，

于是更懒散，沿着水流缓缓走向城市。

如流水般洒脱而又顿挫的短句，跨行突出动词，更加强了
全诗的动感。

闻一多把《滇缅公路》这首诗编入《现代诗选》，是很有
见地的。尽管他作为一位学者，也跟鲁迅等伟大人物一样，所
讲的话不一定每一句都是颠扑不破的真理。

秦泥纪念闻一多的诗

在闻一多先生被害之前，我几乎还没有读过他的什么作品。先生被害以后，我读了许多纪念文章，这才开始仔细读《红烛》《死水》和其他。我于先生的诗中，最爱《心跳》和《洗衣歌》。《心跳》中的这两句，在我开始尝试创作的时候，对我的方向有决定性的影响：

最好是让这口里塞满了沙泥，

如其他只会唱着个人的休戚！

追悼闻一多的诗，我也读过不少。三十多年前读到的秦泥所作的一首，当时深深打动了我，至今重读，仍然感到它的思想力量和感情力量高度凝炼地融合在一起：

《刻在心上的墓志——纪念吾师闻一多先生》

这里睡着一个不怕死的人，

他曾在死亡的面前仗义执言。

这里睡着一个不想死的人，

他正坦然地走回他的家里去。

这里睡着一个不该死的人，

他却被几粒阴毒的枪弹击倒。

这里睡着一个不会死的人，

他已复活在每个年青的心中。

三十六年五四，北大

　　我记得是在一本题名《牢狱篇》的铅印诗刊上读到的。最近作者回信告诉我刊登于一九四七年"五四"时的北大校刊。多少年来没人提起过，其实确是一首好诗。

《撒尼人》

云南的撒尼人人口不多，

他们可有两万多音乐家，

他们有两万多舞蹈家，

还有两万多个诗人！

还有两万多个农民，

还有两万多个牧羊人，

但不要以为他们有十万人众，

他们只有两万多人。

这是徐迟的《撒尼人》。构思是巧妙的，表现了作者的机智。是机智而不是"小聪明"，是潇洒而不是轻浮。因为诗的境界是宏阔的，全诗出于诗人严肃的歌颂之情，诗人是在"美丽、神奇、丰富"的背景上浮雕撒尼人的群像的。宏大与小巧相结合，既避免了宏观式的、鸟瞰式的大而无当，又避免了失于纤巧以至弄巧成拙。

哲人之诗

拿到王若水同志的文集《在哲学战线上》，无意中一下翻到最后一页，分行排列的文字吸引了我：

从前，人按照自己的形象创造了神。

现在，人按照神的形象再创造他自己。

人啊，信仰你自己，崇拜你自己吧！

移山倒海，驯服江河的是你。

腾云驾雾，呼风唤雨的是你。

…………

你有这样的双手，一只手修理地球，一只手把

 星星抛掷在太空。

你吹一口气风云变色，

你发一声喊天地震动。

你是全能的。你神通广大，法力无边。

人啊！地球对于你是太小了，它是你的摇篮，

 但不是你的归宿。

你不必再归于尘土，你可以到月亮上和其他

 更远的星星上建立新的住所。

你还要继续征服地球，但你也要开始宇宙的远征。

你就要结束你的前期史，向自由飞跃。

那时你将一步步成为宇宙的主宰，天上地下，

 都是你的乐园。

  这是这本书所附录的《创世记》接近结尾的部分。它是《旧约·创世记》的翻案文章，它的意义却绝不仅在于翻案。作者把他的《创世记》当作哲理性的神话，其实这也不是神话，而是人的颂歌——劳动和劳动者的颂歌。

  在破除宗教式的个人迷信的思想解放运动里，我读到过不少各种各样的"人之歌"；然而不在少数的作者在写作他们

的"人之歌"时，哲学上并没能超越费尔巴哈一步。在费尔巴哈那里，宗教是一种异化：人按照自己的模样创造了上帝，却又宣称上帝按照自己的形象创造了人，于是，人就拜倒在自己的头脑的产物面前。要克服这种异化，费尔巴哈认为就要把神学还原为人本学，人要自觉地崇拜自己，崇拜那个像上帝一样抽象的人；在消灭信仰上帝的宗教之后，代之以一种人类之爱的新的宗教。

王若水的《创世记》，则是根据他对马克思《1844年经济学哲学手稿》中有关异化观点的理解，以劳动的异化及其克服为主题。他在《在哲学战线上》序言里说："人的本质是劳动，劳动的异化产生私有制，而私有制的苦难世界产生宗教的需要。""我想，在基督教的上帝观念里，劳动是没有地位的。上帝有意志，有智慧，有爱，这些都是人赋予上帝的本质，唯独没有劳动。不但如此，在旧约《创世记》里，劳动还成了上帝对人的惩罚。"作者在他自己的《创世记》开头，就引入了中国民间传说中古代劳动人民创造的象征劳动的神——开天辟地、创造世界的盘古。接着，不是一般地写到劳动，而是既写到劳动的"肯定的一面"，也写到劳动的"否定的一面"；写到不劳动的少数人怎样剥夺和奴役了劳动着的大多数人，劳动者沦为"非人"，而只有当劳动者做了自己的主人，为自己劳动时，他才感到劳动的尊严和价值，也才感到人的尊严和价值："他不受奴役，这时他才感到自己是真正的人，堂堂的人。"作者没有美化"人之初"的原始社会；只有彻底克服了劳动的异化，亦即消灭了私有制，消除了脑力劳动和体力劳动的差别，物质文明和精神文明高度发展和结合的共产主义社会，才是人类的黄金时代。

作者没有引导我们离开"劳动的异化产生私有制"这个线索去侈谈人的尊严和价值，也没有引导我们离开社会制度的变革、旧式分工的消除这个线索去侈谈异化的克服。

《创世记》始终持着劳动异化这个解开私有制秘密的钥匙，但是它并不是关于异化的概念的通俗图解。即使对哲学、政治经济学没有特殊兴趣的读者，也不难从中感到，作者所热情歌颂的，作为摆脱了物质和精神奴役的劳动者的"人"——"这是一个多么值得自豪的名字"！

这是一篇言之有物的散文诗。这是一篇毫不故弄玄虚的哲理诗。

难能可贵的是这篇很有特色的作品，是早在二十多年前的一九五九年一月里写的。当然如果作者今天来重写这个题目，有些章节以至整个结构可能不完全是现在的样子，甚至完全不是现在这样。

可惜，这篇《创世记》从一九五九年初发表以来，似乎没有引起注意，尤其没有引起写作散文和散文诗的朋友们的注意。大概要么是因为它介于哲学与文学的边缘，或散文与诗的边缘，而遭到所有边缘文体容易受到的冷遇，要么就是湮没在当时汪洋一片的豪言壮语之中了吧。那时我正处在不大容易看到各地报刊，又不太认真阅读报刊诗文的情况里，也就一直不知道作者写过这样一篇哲人之诗。时隔二十多年，偶然披阅，颇有新鲜之感，随记如上。

一九八三年一月二日

天安门广场佚诗

四五运动中的天安门诗歌，从油印到铅印，从群众社团到国家出版社，辑印有多种版本。当然是选了许多好诗，不过肯定也还有些好诗没有阑入。

我记得四月初某日我曾在纪念碑碑座朝阳一面，读到一首自由体长诗《大路之歌》，后来在各种版本中遍寻无着。

又曾听人说当时北京市公安局派员在某处作为"介绍敌情"引用的诗歌中，有七言二句："元老都成民主派，毕竟朝中剩几人。"春秋史笔，不是率尔操觚。

《天安门诗抄》的各种版本，多是在天安门事件平反以前编辑印行的。受到历史条件的限制，有些好诗未能选入，是可以理解的。在大家能够冷静地对待历史的时候，我相信还可望有《天安门诗词辑佚》行世。

典型情绪的历史记录

叙事诗可以通过对一定的事件和人物的典型化的抒情叙述，而成为诗史；抒情诗一样可以具有诗史的意味，它可以成为一个时代的情绪的历史。

我以为舒婷的《人心的法则》可以作为一个例子。它所表现的是它的写作时间（一九七六年一月十三日）所标志的那一时期中国人民的一种典型情绪：

> 为一朵花而死去
>
> 是值得的
>
> 冷漠的车轮
>
> 粗暴的靴底
>
> 使春天的彩虹
>
> 在所有眸子里黯然失色

既不能阻挡

又无处诉说

那么，为抗议而死去

是值得的

为一句话而沉默

是值得的

远胜于大潮

雪崩似地跌落

这句话

被嘴唇紧紧封锁

汲取一生全部诚实与勇气

这句话，不能说

那么，为不背叛而沉默

是值得的

为一个诺言而信守终身？

为一次奉献而忍受沉默？

是的，生命不应当随意挥霍

但人心，有各自的法则

假如能够

让我们死去千次百次吧

我们的沉默化为石头

像矿苗

在时间的急逝中指示存在

但是，记住

最强烈的抗议

最勇敢的诚实

莫过于——

活着，并且开口

　　闻一多写过他的《一句话》，冰心也写过她的《一句话》。在从周恩来总理逝世到天安门事件发生的特定时期里，"为一朵花而死去""为抗议而死去"，与"为一句话而沉默""为不背叛而沉默"的历史经历，是亿万当代人所共有的；抗议者口中的话和沉默者心中的话，诗人没有写出，却是读者尽皆默契的。抗议还是沉默，或者以沉默为抗议，开口还是不开口，什么是诚实，什么是勇气，以至如何看待生死与信念，"值得，不值得"，这几乎是当时除了极少数以外广大"人心"中翻腾过无数遍的问题。

这首诗通过对这一典型的政治情绪的表现，展示了那一段历史，唤起读者的记忆和对历史经验的思考；并且把这种迫人的思考上升到人生原则的高度，这就使诗的内涵获得了普遍的意义。

一首悼念郭小川的诗

在我读到过的悼念郭小川同志的诗里，有一首含着深情，高度概括地评价了郭小川的诗和人，在深远的历史后景上表示了继承他的事业的悼诗，却是出于与诗人素无过从的青年女作者舒婷之手。诗题《悼——纪念一位被迫害致死的老诗人》，作于一九七六年十一月，收入《双桅船》。

请你把没走完的路，指给我，
　让我从你的终点出发；
请你把刚写完的歌，交给我，
　我要一路播种火花。
你已渐次埋葬了破碎的梦、
　受伤的心，
　和被损害的才华，

但你为自由所充实的声音，决不会
　　因生命的消亡而喑哑。

在你长逝的地方，泥土掩埋的
　　不是一副锁着镣铐的骨架，
就像可怜的大地母亲，她含泪收容的
　　那无数屈辱和谋杀，
从这里要长出一棵大树，
　　一座高耸的路标，
朝你渴望的方向，
　　朝你追求的远方伸展枝桠。

你为什么牺牲？你在哪里倒下？
时代垂下手无力回答，
历史掩起脸不再说话，
但未来，人民在清扫战场时，
　　会从祖国的胸脯上，
拣起你那断翼一样的旗帜，
　　和带血的喇叭……

诗因你崇高的生命而不朽，

生命因你不朽的诗而伟大。

郭小川可以在这里找到知音，找到理解和同情。我们也可以从这里找到作者同老一代革命者的感情联系，同革命文艺传统相通的思想基础，发现她所以能写出《这也是一切》《祖国呵，我亲爱的祖国》《遗产》《风暴过去之后》这样的诗，而并不停留于"寻寻觅觅"的浅吟低唱，绝不是偶然的。

假如郭小川能够活到今天，根据我在二十世纪五十年代同他不多的交往中的感受，可以想象他会伸出热情的手，对舒婷这样一些青年作者给以扶持，指点前进的方向，帮助他们度过彷徨和迷误，而绝不会相反。

不是爱情诗

一九七九年春有一位青年（按：即孙桂贞，后用笔名伊蕾）写来这样八行诗：

我为什么要怀疑？

因为我愿我对你坚信！

我为什么要诅咒?

因为我对你爱得太深!

我为什么要挑剔?

因为我望你更加完美!

我为什么要质问?

因为我拿你当作知心!

作者信上说是她写的一首爱情诗,但我读后认为这不是一首爱情诗。这是对所爱者有些失望以后的剖白和倾诉,在怀疑、诅咒、挑剔、质问中透露了原先的期望、深爱与信任,同时也仍然寄予希望,不然就不必如此反复地申述"愿我对你坚信""对你爱得太深""望你更加完美""拿你当作知心"了。与其说这是一首少女写给爱人的诗,我毋宁相信这是一首政治诗,它反映了经历十年动乱以后,我们党《关于建国以来党的若干历史问题的决议》以前,相当一部分青年对党的复杂感情,这里面是包含着希望党割除痈疽,整顿党风,在群众中恢复原先曾有的美好形象这一积极因素的。

"为什么我眼中常含泪水?因为我对这土地爱得深沉。"这是艾青的名句。上述这首诗重复使用了这一句式,直白出之,激情溢于言表,毫不婉而多讽,几乎不像个女作者的手笔了。

写犹大

黄永玉面带蔑视的笑容，以尖峭冷峻之笔，三下两下就刻画出"犹大新貌"："没有朋友，告密者就没有食粮。越是好朋友，告密者才吃得脑满肠肥。一个告密者走在街上，身后的冤魂跟着一大帮。"黄永玉吃过如鲁迅所指出的某些人一到某种关头，"或则投书告密，或则助官捕人"的苦头，才能概括出告密者"吃人"这个典型；然而《犹大新貌》一诗毕竟写于一九七九年五月，因此诗人能以胜利者的自豪俯视沐猴而冠的一切："一个时代有一个时代的模样，连屎壳郎也有自己的国王。告密者们摆开阴谋的仪仗，圣坛上列坐着／慈悲为怀的四人帮。"

黄永玉写《犹大新貌》，只是用古之犹大借喻今之告密者，诗中写的告密者的伎俩，殆非犹大之原型所有。

柯国淳《犹大的吻》（载《诗刊》一九八〇年七月号），固然也写到"犹大的儿孙""靠一张纸条，一阵耳语，平步青云。不知什么叫忏悔，不知良心多少钱一斤"，但是在另外三节里，却由犹大出卖耶稣的传说，引出沾着耶稣的血的哲理：

"那出卖耶稣的，正是亲吻他的人。圣徒的圣餐不圣洁啊，十字架上血淋淋。"因为据说，犹大和耶稣的敌人约定，他亲吻谁，谁就是耶稣，就把他逮捕。

"血，比基督箴言还要真。……那亵渎'圣经'的，常是口不离'圣经'的人！记住这一条吧，复活节时还活着的人们！"

"如果救世主竟救不了自己，又怎样解救他多难的子民？……离天堂越远，离教堂越近。"

由于这些哲理不是凭空而来，它没有游离《圣经》故事；读者再印证自己的经验，便觉有可信的说服力。

《圣经》故事重新成为作家们所取材，是出于可以理解的历史原因。但如果仅仅重复《圣经》故事，或只是引申出人所尽知的常理，就毫无意义了。绿原写于一九七〇年的《重读〈圣经〉》充满了深沉而睿智的思考，他关于犹大的四句议论，也是发前人之所未发，不啻对于新的犹大的无情鞭挞："我甚至同情那倒霉的犹大：须知他向长老退还了三十两血银，最后还勇于悄悄自缢以谢天下，只因他愧对十字架的巨大阴影……"

朔望《只因》

张志新，在各种传播工具的宣传中，只是一现的昙花，但在当代中国人的心底，却成了不朽的琴弦、永恒的波涛。

有两首因张志新而写的，并未发生轰动一时效果的短诗，长久地为人们不忘。一首是大家谈论较多的，曾经获奖的《重量》（韩瀚）。这首五行的小诗发表不久，就像天安门诗歌那样传诵；当《诗刊》选它作为伍必端版画的题辞时，由于一时不知出处，印作两行，并把作者署为"无名诗人"：

> 她把带血的头颅放在生命的天平上，
> 让所有的苟活者都失去了重量。

另一首是写过《英雄碑下的花朵》的朔望所作：《只因》。十余则，都以"只因"起首。试引数则：

> 只因一只彩蝶翩然扑到泥里，诗人眼中的世界再不是灰褐色的。
> 只因一个弱女子的从容死去，沉重的中国大地飞速地转动起来。
> 只因当时我没能搭救妈妈，我要学会咬敌人的双手。
> 只因一株玫瑰多刺，所有假正经的屠夫手心里都捏着汗。
> 只因你的一曲《谁之罪》，使一切有良知的诗人夜半重行审看自己的集子。

只因我们曾眼睁睁容忍你戴着钢手铐而去，中国工人将监督社会上每一斤黑色金属的用途。

只因你沉思的慧目，中国三代人触电也似地感到革命者的痛苦、美丽和尊严。

只因你是光明，我们痛恨一切黑暗。

只因你的大苦大难，中华民族其将大彻大悟?!

这里继承了鲁迅《无花的蔷薇》《野草》和天安门诗歌的手法，以思想和激情的合力迫人，使一切片面强调诗要"唯情"、诗要"唯智"的论调成为无聊。

每一行闪耀着真情实感和真知灼见的诗都吸引你看下去，于是，一些铺陈排比的所谓诗句相形失色，它们的弱点不在排比，而在"原地踏步"。

鹿回头

近年来，名山胜水，到处不乏诗人们的游踪。于是同题的诗作大量涌现。倒像是在考场命题作文，崔颢、李白各个拿出自己的答卷。

大约二十世纪五十年代，井岩盾、田间就写过海南岛的

"鹿回头"：在那里，传说猎手把一头小鹿追逐到天涯海角，小鹿化为少女，回眸一笑，委身于他。

七十年代后期，凡有到海南鹿回头的人，又竞相吟咏这个传说。

高深笔下是这样写的：

> 可怜的花鹿，
> 被追逐到生命的绝处。
> 于是变成了美丽的少女，
> 嫁给了要置她死地的猎户。
>
> 生与死转化成恩爱，
> 猎人和猎物结成夫妇。
> 这美丽动人的传说，
> 美化了弱者的屈服。

当有人反对诗中有议论，说那就无异于杂文时，我曾经说过，诗不妨发议论，写诗体的杂文亦无不可，关键是如一切议论性的杂文一样，也要务去陈言。

倒不是提倡故作翻案文章；但几经人道的题材，拈来再写，总要出些新意。高深不是声名籍籍的诗人，这首诗不同凡响，好就好在出新。而新意本来不在诗外，作者只是把传说原所包含的矛盾的实质揭示出来罢了。

一首无题诗

一百个聪明人，
回答不了
一个傻瓜提出的问题；

一根棍棒，
却能够回答
一百个聪明人提出的问题。

这是柯原的一首无题诗。

我不能用同样精简的语言复述诗的主题，也不能确认诗中的聪明人、傻瓜之所指。这也许正说明这首近似格言的诗：思想内涵是丰富的，语言是凝炼、干净的。

第一段为三行，源出于一则外国谚语，或作"一个傻瓜提出的问题，一千个聪明人也回答不了"。第二段则是作者由此引发出的神来之笔。

当然，从写作年月可以看出诗中的"棍棒"是指"四人帮"的封建法西斯专政。诗人被流放在洞庭湖边，"四人帮"的"棍棒"使他诉述无门，悲愤交加，化为冷嘲，化为辗转于奴隶主治下的伊索式的语言。

生活是诗人的学校，能使"傻瓜"变得聪明些，"聪明人"变得清醒些。诗人于是成熟。

一首儿童诗

一九七八至一九七九年间，上海出过两三期不定期的《儿童诗》。创刊号上有一首短诗《贪心的小弟弟》（水飞作），使人过目难忘：

弟弟吃米花，

进屋自己拿。

妈妈关照他：

"别贪心，

你先抓一把！"

"我先抓一把？

　　妈妈，你来拿！"

　　问他为的啥？

　　"你的手，

　　要比我的大！"

　　这首诗的作者熟悉孩子，是从孩子生活中取材，题作"贪心"，其实是"童心"，带出稚气。因为是孩子，总有童心，有稚气，而又不是装出来的，与老莱子不同。

　　作者并不存心说教，不是为了警诫幼儿，不许"贪心"；对这种"贪心"的表现，毋宁说有几分欣赏的态度。作者是爱这个"贪心的小弟弟"的，作者之心与父母之心同，这种情同亲子之爱也不是装出来的。

　　作者的感情，作者所表现的孩子的感情，都无矫饰，得其真。

　　而出以整饬押韵上口的歌谣体，流畅自然，与作品本身的真率的风格谐调一致。附带说一句，尽管我好写自由体新诗，甚至是有人讥为分行散文的自由体，但我从实际效果出发，坚主为学龄前幼儿写的诗歌应取歌谣体，精炼、押韵，大致整齐。对于给学龄前孩子写无韵自由体的长短句，我是不以为然的。

二、读民歌、诗词和外国诗歌

中国亦有行吟诗人

有一位论者举《荷马史诗》为"游吟诗人用来歌唱英雄的歌词"，来证明外国诗、歌结合的历史也是由来已久，论证诗要"靠音乐安上翅膀"。

其实我国各民族的许多史诗，如世界上最长的藏族史诗《格萨尔》等，都是古代历史和英雄故事在民间通过说唱传播的类似文学现象。直到当代，早已有了小说的叙事文学体裁，早已有了印刷出版条件，但我还在汉族地区的城市和乡村听过西河大鼓长书《杨家将》，尽管这也是英雄传奇史诗，民间艺人却没有戴上"游吟诗人"的桂冠。北有鼓曲，南有弹词，"被之管弦，皆成乐章"；只是历来难登大雅之堂，不入论诗者的视线罢了。

我并不是说诗（即使是叙事诗）要同音乐结缘，就一定去走曲艺的路。我只是说，包括曲艺唱词在内的诗，可以各有同音乐结缘的途径。而唱词以外的诗，它的音乐性、它的节奏感和韵律感，并不尽表现在能够歌唱。

历来所谓"三分诗，七分读"，也能收一唱三叹的效果。鲁迅所期望的"嘴唱的"诗歌，我以为是包括"念或者唱给人听"这两层意思，并不专指谱曲能唱的。

论者希望诗能"安上"音乐的"翅膀"飞翔，自然是良好的愿望；但是假如把"入乐""能歌"这个只能是一部分诗所具的属性不恰当地要求于全部诗创作，恐怕就有事与愿违之虞了。

《孙悟空打报告》

在一九五六年十二月筹备"北京诗会"时，我也被点名参加一个节目。但我对自己的诗作没有信心，对我自己的朗诵也没有信心，对于由我自己朗诵自己的作品尤其没有信心。我就选了一篇讽喻性的曲艺小段《孙悟空打报告》在会上读了一遍。作者是河北曲艺队李全林、李成林等，发表在一九五六年十月十五日《河北日报》上。

当时选读这样一个作品，大概基于：一、我认为新诗不要囿于文人诗的圈子，曲艺中一部分应该作为说唱诗进入我们的视野；我很欣赏中国作家协会编的《诗选（1953—1955）》中选入了这类东西，在我一九五六年三月发表在《人民日报》的一篇有关的书评中表达了这一观点。二、我认为这篇作品反对主观主义和官僚主义，符合党的"八大"刚刚提出的政治任务的要求。此外，自然也有些技术方面的考虑，即在一个较大型的朗诵会上，有一定故事性、趣味性而且通俗易懂的节目，较之某些抒情诗，更易为较多的听众所接受，朗诵者即使没有什么训练，念那么一下也还可以下台，不致太出洋相。

十年动乱中，有些自命一贯正确和唯恐天下不乱的好事者，连这篇东西也不肯放过，从档案里翻出来，跟我自己写的一些东西一起印出"供大批判用"；也正因此，我得以原文照抄，附在后面供参考。至于作者河北曲艺队的李全林、李成林等同志，过去既不相识，以后迄未谋面，不知他们现在可好。

拿一九五六、一九五七年一些切近时事的作品来说，由于党中央号召反对主观主义、宗派主义、官僚主义，有些作者也就以反"三害"为题材和主题，结果很快被指为反党，打翻在地。这样的历史现象是很值得深思的。

〔附〕《孙悟空打报告》

蟠桃大会三月三，玉皇爷眼望着群仙问根源："哪一方收来哪一方歉，哪一方旱来哪一方淹？"众仙说："我们修真养性把经念，民间的事情没把心担。"玉皇爷转眼看见孙大圣，叫声"悟空听我言：你快到下方看一看，下方的大地是潮是干？"大圣闻听说"遵旨"，一溜儿斤斗翻下了天。孙大圣行动如闪电，真凑巧，"哪"，哪一头碰上个大碾盘，哎哟一声好硬的地，跟斗云一驾上了天，见了玉皇忙跪倒，他禀说："下方旱得真可怜；只旱得地皮倒比石头硬，想种庄稼难上难。"玉皇急忙传口旨，连把那四海龙王叫几番："急急忙忙快行雨！"老龙王闻听不消闲。牛毛细雨下了一阵，玉皇叫大圣快下天："你看看雨大或雨小，快快回来对我言。"孙大圣闻听说"是是是"，一溜儿跟斗又下了天，只听得"扑通"一声响，大圣掉在井里边，哎哟一声好大水，往上一蹦纵上了天，玉皇面前连声禀："不好了，平地里水深一丈三；要不是大圣会凫水，想要见面难上难。我说这话你不信，你看我猴毛还没干。"玉皇爷急忙传旨快住雨，雨水过多了也不是好玩。就这样，孙猴儿一趟一趟去打探，玉皇爷一道一道把旨传，玉皇爷整天整夜传圣旨，到今天也不知下方是涝还是干。

少与多，情与事

包头的城墙哟，两丈高，

瞭不见哥哥哟，瞭树梢。

两句，仅仅两句高亢苍凉的相思之歌，拔地而起，使人看到，在雁北、河套之间，千里平沙，独有一个蓬头尘面、衣衫褴褛的姑娘或媳妇，极目天边，风号树摇，别无所见，发为撕心裂肝的长歌当哭。

这种艺术效果，固然得力于歌唱，而歌词所提供的——抒情主人所思念的"哥哥"，所望见的树梢，所想象的两丈高的包头的城墙，即"哥哥"的去向，这三个形象及它们在时空人事间的关系，才是根本的决定的因素。

两句长歌抵得一篇痛史。它比带有某些叙事性色彩的《走西口》更加精炼。

以少胜多，以抒情代叙事：这大概就是作为抒情体裁的诗的奥秘。

思妇之词

我没有深入民间采过风，不知道那么大量的妇女第一人称的情歌是怎样搜集的。我在乡村山野偶听一些这样的民歌，却都是男人唱的：

> 包头的城墙哟，两丈高，
> 瞭不见哥哥哟，瞭树梢。

> 你赶牲口我开店，
> 路上路下常见面。

还有《走西口》《绣荷包》，上承《诗经》、汉魏六朝，一两千年，绵延不绝。不过我想，许多思妇之词，也许竟是征人所作。我毫不怀疑民间妇女即兴抒怀的创作才能，而我也不怀疑行役他方的流浪汉们会通过设身处地来"表现自己"，通过驰骋想象来安慰自己，这有时达到比直抒胸臆更强烈、更慷慨淋漓的境地。

我做此揣想时，不包括一些男人用女性口吻诌的猥亵之词。那是另一回事。

一诗一世界：邵燕祥谈新诗

马与歌

人们说，马与歌声是哈萨克人的两张翅膀。

在青海格尔木的阿尔顿曲克草原（阿尔顿曲克是"金色的山峰"的意思），哈萨克的牧民跳着大走马舞，弹着冬不拉，唱着：

> 我的枣骝马看到别的马奔走也想奔走，
> 我听到别的歌手弟兄们歌唱也想歌唱。
> 愉快地歌唱吧我的舌头，
> 当死亡还没有到来的时候。
> 我赶着马群，震动大地四方，
> 蹄声应和着东方的阳光。

马与歌声是这样不可分。歌唱生也歌唱死，旷达中有欢乐也有悲凉。

我想起在南斯拉夫，路过邻近土兹拉的一个城镇，灯火通明的餐馆里，人们如醉如狂地倾听小乐队伴奏民歌演唱。我语言不通，却分明感到有一支男声歌曲格外地深情缱绻，如泣如诉，使听众为之动容。人们告诉我，这是一支马其顿民歌，唱的是马夫向他死去的爱马诀别。我相信这支民歌从词到曲流荡着劳动人民共同的感情，表现着甚至超越民族界限的共同的心理状态，因此打动着人们的心。因为匆匆而过，没能仔细地访问——至少把歌词记录下来，至今引以为憾。

扁担诗

一九五八年三月，我在十三陵劳动。有一天在黑板报上发现两句诗：

> 宁教扁担肩头断，
> 绝不在扁担底下把腰弯。

当时我刚刚定案划为"右派"，不便多言多语"每事问"，因此只记得似乎是一位电台录音员所作，再就不得其详了。

没有挑过扁担的人写不出这样的诗。没有挑过重担的人，也写不出这样的诗。"小扁担，软绉绉，挑担白米下扬州，扬州夸我好白米，我夸扬州好丫头"，恐怕未必是真正挑担卖米的农民之所作。

挑过重担而没有不屈不挠的精神状态的人，也写不出这样的诗。它坚韧、豪迈而不虚夸；既没有呻吟之声，也不是鲁迅所讥的必须"打折扣"的"豪语"。因此，它甚至赋有了比歌颂劳动更广泛、更普遍的意义。

我后来曾想借这两警句，嵌入我的诗篇，结果通篇暗淡，唯此二句生光，终于不能成立。

四分之一个世纪过去了。几乎在那同时以及稍后出现的一些所谓新民歌，我已记不起来，但我还一字不差地记得这两句诗。它不必勒石刊碑，但值得刻在所有河工石场的扁担上。

史铁生论陕北民歌的质朴、真情与乐观主义

史铁生在《关于〈我的遥远的清平湾〉》一文里，有两段谈到陕北民歌所以打动人的秘密，我以为对于理解诗歌欣赏的心理过程（也就是诗歌产生社会心理影响的过程）是很有启发的——

还有的读者在来信中谈到"清平湾"的音乐性。我不敢就这个话题多说。假如"清平湾"真有点音乐性，也纯粹是蒙的。我的音乐修养极差，差到对着简谱也唱不出个

调儿来。但如果歌词写得好，我唱不出来，就念，念着念着也能感动。但那歌词绝不能是"朋友们，我们热爱生活吧"一类，得是"哥哥你走西口，小妹妹也实难留，手拉着哥哥的手，送哥到大门口"一类。前一种歌，我听了反而常常沮丧，心想：热爱生活真是困难到这一步田地了么？不时常号召一下就再不能使人热爱生活了么？不。所以我不爱听。而听后一种歌，我总是来不及做什么逻辑推理，就立刻被那深厚的感情所打动，觉得人间真是美好，苦难归苦难，深情既在，人类就有力量在这个星球上耕耘。所以，我在写"清平湾"的时候，耳边总是飘着那些质朴、真情的陕北民歌，笔下每有与这种旋律不和谐的句子出现，立刻身上就别扭，非删去不能再往下写。我真是喜欢陕北民歌。她不指望教导你一顿，她只是诉说；她从不站在你头顶上，她总是和你面对面，手拉手。她只希望唤起你对感情的珍重，对家乡的依恋。刚去陕北插队的时候，我实在不知道应该接受些什么再教育，离开那儿的时候我明白了，乡亲们就是以那些平凡的语言、劳动、身世，教会了我如何跟命运抗争。现在，一提起中国二字（或祖国二字），我绝想不起北京饭店，而是马上想起黄土高原。在这宇宙中有一颗星球，这星球上有一片黄

一诗一世界：邵燕祥谈新诗

色的土地，这土地上有一支人群：老汉、婆姨、后生、女子，拉着手，走，犁尖就像唱针在高原上滑动，响着质朴真情的歌。

我不觉得一说苦难就是悲观。胆小的人走夜路，一般都喜欢唱高调。我也不觉得编派几件走运的故事就是乐观。生活中没有那么多走运的事，企望以走运来维持乐观，终归会靠不住。不如用背运来锤炼自己的信心。我总记得一个冬天的夜晚，下着雪，几个外乡来的吹手坐在窑前的篝火旁，窑门上贴着喜字，他们穿着开花的棉袄，随意地吹响着唢呐，也凄婉，也欢乐，祝福着窑里的一对新人，似乎是在告诉那对新人，世上有苦也有乐，有苦也要往前走，有乐就尽情地乐……雪花飞舞，火花跳跃，自打人类保留了火种，寒冷就不再可怕。我总记得，那是生命的礼赞，那是生活。

重视总结歌词创作经验

我认为我们各种新诗选本，应该把优秀的歌诗（歌词）选入；这里面有半格律体，也有自由体，有有韵的，也有无韵的；作者有诗人，如田汉、光未然、公木、贺敬之，也有作曲家，如贺绿汀、张寒晖、舒模、曹火星，有名家如塞克、安娥、钢鸣、邹荻帆、端木蕻良，也有偶尔执笔的如韦瀚章、莫耶、桂涛声。即使单独出版一本"五四"以来的优秀歌词选集，也不仅有新音乐运动的史料价值，而且有新文学运动的史料价值；开展一定的研究，对今后的诗创作和歌词创作都是有益的。评论工作者似乎也该注意总结歌词创作的经验。

例如光未然《五月的鲜花》，就是典型的每段四行、每行四顿的大体整齐、近乎格律的诗体；作曲者极好地掌握了歌词中原有的节奏和韵律，达到了"长言之""歌咏言"的词曲相得益彰的效果。这是属于歌词既是好歌词（适应歌唱的要求），又是好诗（离开了曲调仍有独立存在价值），同时得到好的音乐的衬托扶持之作，长久流传不是偶然的。这首"现代格律诗"的成功之作，早于何其芳提出建立现代格律诗的主张近二十年。

五月的鲜花开遍了原野，鲜花掩盖着志士的鲜血，为了挽救这垂危的民族，他们曾顽强的抗战不歇！

如今的东北已沦亡了四年，我们天天在痛苦中熬煎，失掉自由更失掉了饭碗，屈辱地忍受那无情的皮鞭！

敌人的铁蹄越过了长城，中原大地依然歌舞升平，"亲善""睦邻"呵卑污的投降，忘掉了国家更忘掉了我们！

再也忍不住这满腔的愤怒，我们期待着这一声怒吼，吼声惊起这不幸的一群，被压迫者一齐挥动拳头！

作曲者阎述诗长期在北京任中学音乐教师，二十世纪六十年代初在北京教师进修学院任教，大约一九六三至六四年间逝世。我曾在八宝山公墓见到他的墓碑，友人在碑上镌刻了嵌有"五月鲜花"的一联，可惜在十年动乱中也遭到无知青少年的涂抹破坏。

一声之差

影片《城南旧事》中，郑振瑶同志成功地扮演了宋妈这一角色。略有微瑕，是她对北京风土不太熟悉的缘故。

一是把"哈德门""齐化门"不适当地"儿化"，成了"哈德门儿""齐化门儿"；按：北京内城九门，包括哈德门即崇文门，齐化门即朝阳门，依群众习惯都不得儿化，只有东便门、西便门、和平门，还有外城的沙涡门（广渠门）可以儿化，如不儿化，反显得是外地人学北京话，不够地道。

另一处是把一首传统儿歌的"鸡蛋鸡蛋磕磕",读作"鸡蛋鸡蛋壳壳（kéke）",跟下句"里头坐个哥哥"的"哥哥"分属阳平阴平,一声之差,北京土味儿就不够了。大概这是由于原作者的误写,林海音是台湾籍,辨不出北京四声的这种细微之处,是可以理解的。

那首歌谣,大概截至我这一辈在北京长大的孩子,都是自幼就能成诵的:

> 谁跟我玩儿,打火镰儿;
>
> 火镰儿花,卖甜瓜;
>
> 甜瓜苦,卖豆腐;
>
> 豆腐烂,摊鸡蛋;
>
> 鸡蛋鸡蛋磕——磕,里头坐个哥——哥;
>
> 哥哥出来买——菜,里头坐个奶——奶;
>
> 奶奶出来烧——香,里头坐个姑——娘（读阴平）;
>
> 姑娘出来点——灯,烧了鼻子眼——睛。

歌谣中的"火镰儿花"的"花"字作动词用（意谓冒火花）,跟"朱雀桥边野草花"的"花"字一样,很新鲜,很精炼;这个语言现象出现在儿歌里,是很有趣的。

打油诗

"达夫赏饭，闲人打油"，这是鲁迅先生为柳亚子先生书《自嘲》时所题，打油云云，是自谦之词。

然而，打油诗要写好亦颇不易，要在婉而多讽，并不仅是以常言入韵语。平常把一些顺口溜叫作打油诗，至少是不全面的。

乔冠华在二十世纪七十年代初期有一绝云：

> 八重樱下廖公子，
>
> 五月花中韩大哥。
>
> 莫道鄙人功业小，
>
> 北京卖报赚钱多。

首句指廖承志，次句指韩叙，三四两句夫子自道，指十年动乱初期被造反派勒令兜售派办小报事。

沧桑之感，玩世之情，以打油口吻出之。如果称之为打油诗，这是打油诗的上品。没有相当功力，以及勇于自嘲的风度，可以勉强凑五言八韵，冒充斯文，而这样的打油诗却是写不出来的。

一首民间政论诗

一九七九至八〇年间，中国国际广播电台记者柯国淳访问诗人艾青于史家胡同，写了一篇印象记给我看。其中谈到历史上整人的人也挨了整时，引用了一首《剃头诗》，此诗似见清人笔记，不著作者名，也可以叫作民间诗歌吧；推其创作时间，当距清初下剃发令，所谓"留头不留发，留发不留头"后不久，因此也可以叫作政论诗。"暴君的专制使人们变成冷嘲"，正是此诗风格。诗云：

> 闻道头堪剃，无人不剃头。
>
> 有头皆可剃，不剃不成头。
>
> 剃自由他剃，头还是我头。
>
> 且看剃头者，人亦剃其头。

是一首不为不工的五言律诗。此诗艺术上的妙处在于它可以成为一个讽刺模式，只要讽刺对象是一个"动（仄）宾（平）词组"，就可以依样画葫芦。如"整人"即是。柯国淳文章引用的妙处也就在这里。

两句民歌和两句杜诗

云贵川金沙江民歌中，"雪山不老年年白，江水长流日日青"堪称好句，在无限的时间和空间里，有一种历久而常新的感情，如雪山凝重千古，如江水绵绵不尽。

我总是由此联想到杜甫诗中的"西山白雪三城戍，南浦清江万里桥"。背景不同，感情内容不同，也许不该拿来对比。但可能因为两者提供的画面相近，都是白皑皑的雪山，长流的江水，我还是止不住比照着吟味。

同样是七字句，民歌的句式更接近口语的自然形态，而律诗中严格对仗的中间两联，即使是流水对，也是经过精心组织的，属于书面语言；民歌每一句意思比较单纯，律句则往往不止一层意思，因而加强了内部张力。

律诗的精炼，它的具有较大的容量，从某种意义上说，是以牺牲了口语的朴素自然为代价，然而这个牺牲是值得的，因为它丰富了语言结构形式，提高了语言表现力。

败 笔

一个诗人，甚或一个大诗人，一生之中以至一篇之中，败笔也总是难免的。我以为"芙蓉如面柳如眉，对此如何不泪垂"就是《长恨歌》中的败笔。

"西宫南内多秋草，落叶满阶红不扫""迟迟钟鼓初长夜，耿耿星河欲曙天"，极写回銮后宫苑的荒凉，相思的愁苦，既深沉，又不黏滞。相形之下，"芙蓉"两句就嫌太熟，太轻易，太少深度，太像以常言入韵语的顺口溜了。

白居易喜欢当句属对或重复，如"满树槐花满树蝉""半江瑟瑟半江红""孤山寺北贾亭西"，这样的句式用得好，对比鲜明，音韵回荡。但关键还在内容。见芙蓉而思颜色，"云想衣裳花想容"，尚能近情；见柳叶如见眉黛，毕竟隔着一层，不知柳叶眉云云，是从《长恨歌》始，还是原来里巷俗话就已有之，我总觉得是个不用心的信手拈来的比喻。作者不用心，读者焉能动情？"对此如何不泪垂"，更是走笔至此，凑韵而已。

残月脸边明

　　再没有一句古诗词，这样快速地在我眼前转化成如此鲜明的，近于动态，而且接近现代画风构图的视觉形象。

　　　残月脸边明，别泪临清晓。（牛希济《生查子》）

　　这是一个特写镜头：看不到绿色罗裙、素白衣带，只见殷殷送别的少女的脸颊；残月并不在天边，而在她的脸边，照见她含着离愁的褪尽脂粉的红颜，照见她睫间闪闪的泪花。

　　镜头从残月推拉到脸边，残月就退居陪衬的地位；而着一"明"字，就像"残夜水明楼"的"明"字一样，使画面一亮，呈现柔和的光影，纤毫毕显，然后我们仿佛看到挂在睫毛上的泪，盈盈欲滴；背景则是"春山烟欲收，天澹星稀小"的"清晓"。征人早发，依依相送，离情已经呼之欲出。这时，词人接着写："语已多，情未了，回首犹重道：'记得绿罗裙，处处怜芳草。'"一股使人"热衷肠"的深情，化尽了沁人心骨的五更寒意。

　　这首短短的小词，在词中情与景、人与物、远与近（层次）、冷与热（气氛）、动与静各种关系的处理上，都能给我们以启发。

尤其是"残月脸边明"一句，不仅发前人所未发，而且至今鲜活清新，使我们在思索诗与画的异同时，不能忘记这一例。

千山响杜鹃

"千山响杜鹃"，这句诗，从我小时候在箱底散放的未裱字条上看到，就在心底生了根。许多年来，每一想起，都觉得浑然天成，不可更易：不能增一字，不能减一字，也不能改变句式词序，而中间这个韵满千山的"响"字，更是全句的灵窍，试改任何一个字，都会使这句诗意兴索然。

"千山响杜鹃"只能是"千山响杜鹃"。

不用说翻译成外语了，就是翻译成现代口语，要想保持原句的神韵，我敢说也是根本不可能的。逐字对译不像话，变通意译更离谱。

无论古近体诗或词曲，都是在古代汉语的基础上形成的，在语言表达方式和语言形式美的要求上，与在现代口语的基础上提炼的白话新诗（无论自由体、半格律体，以至借鉴西洋诗形成的格律体），分属不同的审美体系。

因此，要用现代口语、新诗的形式翻译旧诗词曲，最多做到信达的释词串讲；不但不能保持原作的节奏韵律，而且也会损及原作的艺术内容，很难传神。

不信，请把"千山响杜鹃"翻译一下看。

雨果《小起义者》

产生故事的街垒在大路的交叉处：

一个十岁的小孩同人们一起被捕，

他一身污血的血迹和热血的血斑。

"你是他们同伙？"孩子答："是同伴。"

军官说："那好，你马上就得给枪决。

等着轮到你。"孩子望着火光明灭，

眼看着同伴们一个个在墙边倒下。

他问军官："您能不能让我回次家？

我得把这表交给我妈。""你想逃跑？"

"不，我就回来。""小鬼准心慌胆小——

你家在哪里？""就那儿，靠着水潭。

少尉先生，我马上回来。""滚，小坏蛋！"

孩子转身就跑。真是不高明的花招！

那些大兵也跟着他们长官哈哈大笑——

中弹者的咽气声也同笑声混在一块。

笑声突然停止，因为孩子奔了过来。

他脸色煞白，那种气概活像维亚拉，①

背往墙一靠，冲着他们喊："我来啦！"

　　这首十八行的短诗，写了巴黎公社失败后一个十岁的小战士在凡尔赛匪帮的屠杀面前视死如归的悲壮故事。这个故事如果在不高明的手里，也许会洋洋洒洒写上数十百行，雨果却只用十八行，层次分明地勾勒了小起义者的形象，他的凛然正气使他远远高于敌人的官兵之上，而与他的正气相伴的天真则更突出了敌人屠戮妇孺的残忍。

　　短篇叙事诗，以及某些有一定情节性的抒情诗，它所取材、着笔的角度，大略如短篇小说，是不宜做长卷式的纵横时空的描绘，更宜于截取一个生活断面，烘托渲染，以一当十的。

　　我们的叙事诗，以至我们的抒情诗，有时也往往犯鲁迅指出的小说作者的毛病，就是把只够写一篇速写的材料硬扯成小

---

　　① 维亚拉：法国革命时反抗保皇党的小英雄。

说，把只够写一个短篇的材料硬扯成长篇，于是就出现酒精兑水似的情况，感情也稀释了，形象也稀释了，甚至结构也稀释——松散了。

中国古典诗歌中颇有些叙事性的短诗。《上山采蘼芜》不过十六句、八十字，却写出一个"下山逢故夫"的弃妇的不忘旧情，反映了封建伦理关系的一个侧面。

一般说来，对于叙事诗的篇幅要求，比对抒情诗的要宽限一些。但也还是要注意剪裁，尽量精短，这不只是一个篇幅问题；只有精心剪裁布局，才会有更好的艺术效果。

雨果的《小起义者》也可以给我们以借鉴。

屠格涅夫的《门槛》

屠格涅夫的散文诗，很早就译介到中国来。

《门槛》一诗，"在屠格涅夫生前未曾发表过。据《屠格涅夫全集》编者注释，这篇散文诗是屠格涅夫在俄国当时发生的'五十人案''一百九十三人案'和薇拉·扎苏里奇刺杀彼得堡市长以后，受到女革命家索菲亚·彼罗夫斯卡娅的活动影响而写成的。它概括地反映了俄国十九世纪七十年代末和八十年代初的一个女革命者的形象"（见屠格涅夫散文诗第一个汉语全译本《爱之路》译者黄伟经注）。

这首诗对中国的倾向革命的青年是发挥过影响的。我看过一个材料，写到在十年动乱中不幸逝世的女共产党员陈琏，青年时期就特别爱读这一作品，也许她正是从诗中女革命者的形象汲取了力量，才勇敢地走出出身的阶级（她的父亲是蒋介石的重要幕僚陈布雷），义无反顾地跨进革命的"门槛"的吧。

诗——散文诗如何刻画人物形象；散文诗怎样从嘲花草弄风月中摆脱出来，面向社会生活，都可以从这一名篇中得到一些启发。

〔附〕《门槛——梦》（巴金译）

我看见一所巨大的建筑。

正面的一道窄门大敞着。门里面阴森昏暗。高高的门槛前面站着一个女郎……一个俄罗斯的女郎。

这望不穿的昏暗发散着寒气，而随着冷气从建筑的深处还传出一个缓慢的、重浊的声音。

"呵，你想跨进这门槛来做什么？你知道里面有什么东西在等着你？"

"我知道。"女郎这样回答。

"寒冷，饥饿，憎恨，嘲笑，轻视，侮辱，监狱，疾病，甚至于死亡？"

"我知道。"

"和人疏远，完全的孤独？"

"我知道。我准备好了。我愿意忍受一切的痛苦，一切的打击。"

"不仅是你的敌人，而且你的亲戚，你的朋友都给你这些痛苦，这些打击。"

"是……便是他们给我这些，我也要忍受。"

"好。你准备着牺牲吗？"

"是。"

"这是无名的牺牲！你会毁掉，甚至没有人……没有人知道，也没有人尊崇地纪念你。"

"我不要人感激，我不要人怜悯。我也不要声名。"

"你还准备去犯罪？"

女郎埋下了她的头。

"我也准备去犯罪……"

里面的声音暂时停止了。过后又说出这样的话语：

"你知道将来你会否认你现在有的这信仰，你会以为你是白白地浪费了你的青年的生命？"

"这一层我也知道。我只求你放我进去。"

"进来吧。"

女郎跨进了门槛。一幅厚的帘子立刻放了下来。

"傻瓜！"有人在后面这样嘲骂。

"一个圣人。"不知道从什么地方来了这个回答。

艾吕雅的《自由》

一个当时学习法语的大学生向我说起过，已故法国电影演员钱拉·菲利普（《马兰花·芳芳》）到中国访问时，给他们朗诵过艾吕雅的《自由》，朗诵者和听众都噙着眼泪。

无疑，这是写在反法西斯战争中的一首对自由的颂歌。

记得二十世纪五十年代出版的，罗大冈译的《艾吕雅诗钞》收有这首诗，但存书早已不在，无法重读了。

一九八〇年，我从《人·岁月·生活：爱伦堡回忆录》的最后一卷读到了关于这首诗的一段话：

> 有一次在弗劳兹拉夫，艾吕雅给我讲了《自由》这首诗的故事。这首诗是由一连串四行诗组成，每首四行诗的末句都是"我写着你的名字"：

在我支离破碎的掩蔽所里，

在我倒塌了的灯塔里，

在我苦闷的墙壁上，

我写着你的名字……

艾吕雅说，这些诗写的是努施（引者按：努施二十世纪三十年代初和艾吕雅结婚，一九四六年末逝世），他在诗的结尾写道：

我生来是为了认识你，

为了叫你的名字。

他有一种惊人的特性：这位仿佛是孤僻的，甚至是"与世隔绝"的诗人不仅理解所有的人，他还代替所有的人去感受。"突然我明白了，"他叙述道，"我应该用一个名字去作结束，于是就在'叫你的名字'这句话之后写上了'自由'。"这是在一九四二年，当时所有的人都有一个情人。

于是我知道，艾吕雅在写这首诗的整个过程中，并不是从一开始"谋篇"时就"立意"要写一首关于自由的抒情诗的（我们的一些诗歌评论家常常用"谋篇""立意"的文章作法来分析抒情诗），他心中想的是亲爱的人，他写的只是对他最亲爱者的思念。

从湖南出版的《戴望舒译诗集》里读到望舒旧译的《自由》，有些章节的确更切近于对妻子的倾诉，而有些章节则赋有更广大的容量。我联想到我们古典作品中许多比兴寄托之诗，以及咏物咏史的篇什，妙也就妙在若即若离，出神入化，在似与不似之间。这不是主题的不确定性，而正是主题的确定：它高度集中、高度概括地抒写了对于魂牵梦萦、触处相思的事物的执着的感情。这个"你的名字"，在艾吕雅心中是朝思暮想的努施，在艾吕雅笔下是日思夜想的自由，在别的作者那里，几乎也可以写作：祖国，故乡，一个最亲密的朋友，一段极可珍惜的过往的时光。

〔附〕艾吕雅《自由》（戴望舒译）

在我的小学生的练习簿上 / 在我们书桌上和树上 / 在沙上在雪上 / 我写了你的名字

在一切读过的书页上 / 在一切空白的书页上 / 石头、血、纸或灰上 / 我写了你的名字

一诗一世界：邵燕祥谈新诗

在金色的图像上 / 在战士的手臂上 / 在帝王的冠上 / 我写了你的名字

在林莽上和沙漠上 / 在鸟巢上和金雀枝上 / 在我童年的回声上 / 我写了你的名字

在夜间的奇迹上 / 在白昼的白面包上 / 在结亲的季节上 / 我写了你的名字

在我一切青天的破布上 / 在发霉的太阳池塘上 / 在活的月亮湖沿上 / 我写了你的名字

在田野上在天涯上 / 在鸟儿的翼翅上 / 和在阴影的风磨上 / 我写了你的名字

在每一阵晨曦上 / 在海上在船上 / 在发狂的大山上 / 我写了你的名字

在云的苔藓上 / 在暴风雨的汗上 / 在又厚又无味的雨上 / 我写了你的名字

在晶耀的形象上 / 在颜色的钟上 / 在物质的真理上 / 我写了你的名字

在觉醒的小径上 / 在展开的大路上 / 在满溢的广场上 / 我写了你的名字

在燃着的灯上 / 在熄灭的灯上 / 在我的集合的房屋上 / 我写了你的名字

在我的镜子和我的卧房的 / 一剖为二的果子上 / 在我的空贝壳床上 / 我写了你的名字

在我的贪食而温柔的狗上 / 在它的竖起的耳朵上 / 在它的笨拙的脚上 / 我写了你的名字

在我的门的跳板上 / 在熟稔的东西上 / 在祝福的火的波上 / 我写了你的名字

在应允的肉体上 / 我的朋友们的前额上 / 在每只伸出来的手上 / 我写了你的名字

在出其不意的窗上 / 在留意的嘴唇上 / 高高在寂静的上面 / 我写了你的名字

在我的毁坏了的藏身处上 / 在我的崩坍的灯塔上 / 在我的烦闷的墙上 / 我写了你的名字

在没有愿望的别离上 / 在赤裸的孤寂上 / 在死亡的阶坡上 / 我写了你的名字

在恢复了的健康上 / 在消失了的冒险上 / 在没有记忆的希望上 / 我写了你的名字

于是由于一个字的力量 / 我从新开始我的生活 / 我是为了认识你 / 为了唤你的名字而成的 / 自由

《等待着我吧》的三种译文

因为我不能从外文读原作，我是十分崇敬严肃的翻译家的劳动的。翻译家各有所长，有时同一外国文学作品的不同译本，分别从不同侧面传达了原作的精华和神韵。最早我读查良铮、吕荧二位翻译普希金《欧根·奥涅金》的两个版本，就觉得互有补充。近年又有两三个新译本，对照看来，固然有时可以发现不同译者各有得失，而作为读者，却从而感到更接近了原作的底蕴。

所以，我是主张名作不妨有两种以上的译文，这并不是浪费；当然，必须都是出于严肃的译者之手。

西蒙诺夫著名的抒情诗《等待着我吧》，从二十世纪四十年代以来我见过三种译文，我认为也是这种情况。虽然，我比较偏爱戈宝权的译文，这也许不无第一印象、先入为主的缘故。戈宝权用无韵的自由体，曲曲传出原诗中婉转细微的情绪曲线。林陵、苏杭二氏译文，则使我感到了原诗抑扬顿挫的节律，隔行的脚韵加重了急鼓繁弦之感。但似乎总不如戈译得缠绵悱恻。如果配歌，戈译大概不行；如果用朗诵，我想戈译会比基本上按照格律翻译的效果会好。

我于译事全是外行，这里不多嘴谈翻译问题，我倒由此更多地想到，从写作的角度，会从上述现象获得一些什么启发。

〔附〕《等待着我吧》（戈宝权译）

等待着我吧，我要回来的，

但是你要认真地等待着……

等待着吧，当那凄凉的秋雨

勾引起你心上的忧愁的时候，

等待着吧，当那雪花飘舞的时分，

等待着吧，当那炎热来临的日子，

等待着吧，当大家在昨天就已经忘记，

不再等待别人的时候。

等待着吧，当从遥远的远方

再没有音信回来，

等待着吧，当那些一齐等待的人

都已经厌倦了的时候。

等待着我吧，我要回来的。

不要向那些认为

这应该是忘记我的时候的人们

指望一些什么；

让孩子和母亲也相信

我早已不在人间；

让朋友们等待得疲倦，

大家围在炉火的旁边，

共干一杯苦味的酒

来悼念我的灵魂……

等待着吧，但你千万别要急忙地

就和他们共干一杯。

等待着我吧，我要回来的，

我要冲破一切死亡。

那些没有等待我的人，

让他们说一声："这是幸运。"

还有那些没有等待的人，

他们不会了解在炮火之中

是你拿自己的等待，

才救活了我的命。

我是怎样活过来的，

那时只有我和你两个人才会知道，——

这只是因为你，

比任何人都更会等待着我。

《等着我》（林陵译）

我会回家的，请等着我，
　　但你必须苦苦地等待。
等着，当凄凉的雨点，
　　打击着你的心坎。
等着，在酷热的盛夏，
　　或当寒风卷着雪堆。
等着，我所有的亲友，
　　都已经等得疲累。
等着，当从遥远的地方，
　　不再有一点音讯传来。
等着，当别人不再等候，
　　已经把我忘怀。

我会归来的，请等着我，
　　你别对那些人愁眉，
他们都深知到了适当的时间，
　　应该把我忘怀。
让我的母亲与儿子悲恸吧，
　　以为我已经死亡，永不回归，

让我最亲切的友伴相信，

　　一切的希望都已成灰。

让他们举杯为我追悼，

　　笼罩着无限沉默的悲哀。

等着吧，当他们的酒杯与你的相碰，

　　你可不必干杯。

我会回家的，请等着我，

　　只为了我要与死亡作对。

每个亲友都会想："这多奇怪的命运"，

　　呼吸有点不自在。

我的出现不是为了他们，

　　那些人不曾等着我归来。

只是为了你在苦苦地等我，

　　才把我救出了祸灾。

我知道，你也知道，

　　为何我通过地狱时不受一点伤害，

正因为，不跟别人一样，

　　你知道该怎样等待。

《等着我吧……》（苏杭译）

等着我吧，我会回来的。

只是你要苦苦地等待，

等到那愁煞人的阴雨

勾起你的忧伤满怀，

等到那大雪纷飞，

等到那酷暑难挨，

等到别人不再把亲人盼望，

往昔的一切，一古脑儿抛开。

等到那遥远的他乡

不再有家书传来，

等到一起等待的人

心灰意懒——都已倦怠。

等着我吧——我会回来的，

不要祝福那些人平安：

他们口口声声地说——

算了吧，等下去也是枉然！

纵然爱子和慈母认为——

我已不在人间，

纵然朋友们等得厌倦，

在炉火旁围坐，

啜饮苦酒，把亡魂追荐……

你可要等下去啊！千万

不要同他们一起，

忙着举起酒盏。

等着我吧——我会回来的：

死神一次次被我挫败！

就让那不曾等待我的人

说我侥幸——感到意外！

那没有等下去的人不会理解——

亏了你的苦苦等待，

在炮火连天的战场上，

从死神手中，是你把我拯救出来。

我是怎样死里逃生的，

只有你和我两个人明白——

只因为同别人不一样，

你善于苦苦地等待。

夏威夷《骊歌》

夏威夷民歌《骊歌》（还有其他译名，如《珍重再见》之类），传为夏威夷女王丽辽卡拉尼（死于一九一七年）所作。《外国名歌201首》刊有邓映易同志译配的歌词：

看那乌云已遮没了山顶，

啊，离别的时刻已经临近，

我可不能留你在我的怀中，

只能默默隐藏这颗悲痛的心。

你听海涛不住地哭号奔腾，

那就是我心中呜咽的回声，

我的热情常燃烧在我心中，

我要等待直到我们再相逢。

（副歌）再会吧，再会吧！

我要时刻等你在那百花丛中，

紧紧拥抱最后一吻，

祝福你直到再相逢。

我在长诗《怀念篇》的一节，曾说《骊歌》是我最喜爱的歌曲之一。但我所记得和哼唱的歌词则是另一种：

匆匆地我俩又别离，

我欲留你怎能留你，

一度送君一度凄楚，

这一回更觉得依依。

但爱人呀，你且去吧，

只望你时时来到我的梦里，

你去几时我待几时，

只望你勿相离弃。

看来属于意译，把两节歌词精炼改写为一节，意境比较得"中国化"了。类似李叔同（弘一法师）为某些外国歌曲改填的歌词，当然像"但爱人呀，你且去吧"还保留了口语风味及原词格调，但总体上以"中国式"的缠绵悱恻取代了原词的奔放的倾吐。有得有失。可能由于先入为主，加上它的词和曲配合得更妥帖，我偏爱这一配词。

我以为外国的优秀诗歌，都可以有几种汉译文；至于入乐的优秀歌词，每篇更至少应有两种汉译，一是配曲供唱，一是书面供读的。像西蒙诺夫的《等待着我吧》，戈宝权用自由体译出，十分传神，可以朗诵却不能歌唱；适应曲调的促节繁拍，配歌势必要另译，短句并务求整齐才行。彭斯的《友谊地久天长》，二十世纪二十年代起就有汉译，能唱的不能唱的多种。配歌的译词如能信达准确而保持诗的韵味当然最好，倘受曲谱限制，为了顺口易唱而又不损诗意，即使采取意译的办法，似乎也是无可厚非的。不知音乐界从事歌词译配的专家以为然否。

《斯捷潘·拉辛的悬崖》

一九六二年四月，我选了一首俄罗斯民歌作为一个剧本《叶尔绍夫兄弟》的插曲，就是《斯捷潘·拉辛的悬崖》。单就歌词来说，这也是一首好诗。落墨不多，而概括了拉辛从发轫到末路的一生，情溢乎词，唱起来沉郁顿挫，寄慨遥深。诗作者纳夫罗茨基（一八三九——一九一四）（据《高尔基文艺书简集》注释）。

斯捷潘·拉辛是十八世纪俄国农民起义领袖，失败后被杀于莫斯科。在伏尔加河一带流传着许多关于他的传说和民歌。据说他在起义之前，曾经在一座悬崖上沉思终夜。这首歌就唱到了这件往事。

列宁很喜爱这首民歌。革命前在西伯利亚流放地，在国外活动的时期，革命后在战友们相聚的晚会上，列宁都常常请同志们唱这首歌，有时候自己也跟着唱。回忆录说，列宁能够十分准确地记得最后两段意味深长的歌词。

据我所知，在我们国内的音乐会上，还没有人演唱过这首歌曲。我最初是在巴金同志《俄国社会运动史话》（文化生活社，一九三五）读到歌词译文；后来在刘文波同志译的《音乐欣赏教程》第一册（音乐出版社，一九五七）看到另一种译文。为了唱起来顺口，要重新配一下歌。我不懂原文，配歌时主要根据刘译，并参照巴金同志旧译，逐句推敲了一过。推敲过程中体会到，要使歌词在语气节奏、声调平仄上和谐，是很不容易的。在剧本演出中，适应剧情的需要，不可能把长达十二节的歌一唱到底，饰演廖丽亚的姚向黎同志只唱了一两段歌词。从听歌的角度，是不无遗憾的。但杜鸣心同志采取这一民歌作为全剧配乐的主旋律，传达了一种悲怆之感。

二十一年如一瞬，记此存念。

〔附〕《斯捷潘·拉辛的悬崖》歌词

在那伏尔加河岸上，有一座悬崖，崖上长满了野生的

青苔。多少年无人问，不见人烟到来，悄悄屹立了多少年代。（三、四两句重复，下同）

又是雨来又是风，悬崖上草不生，只见盘旋着凶猛的老鹰。鹰把窝营筑在悬崖荒凉绝顶，伤害了多少飞鸟的生命。

只有一人曾登上这座悬崖之顶，在这悬崖上留下了足印。人们将永不忘伟大英名"斯顿卡"[①]，悬崖因此也变成了神圣。

在这广大俄罗斯，有多少教堂／年年把他在诅咒又诽谤，伏尔加老百姓对他衷心仰望，编了怀念的歌曲来歌唱。

回想当年有一夜，星和月都无光，这人攀登到悬崖的顶上，一个人独彷徨，满怀愁思茫茫，直到天边上现出了曙光。

夜半心潮不平静，倾听潮水声／突破了周围沉重的宁静；他胸中就产生一个伟大思想，伟大起义就从此发动。

经过沉思默想，下定决心，决心下定在这一个早晨；好一个斯顿卡，要从暴君手中／救出憔悴的莫斯科母亲。

出师未捷身先死，英雄泪满襟，没能扭转那无情的命运。真可恨刽子手双手鲜血淋淋，人民依然在苦难里沉浸。

不是煊赫一国君，也不是贵宾，不是骑马又佩剑的将

---

① 斯捷潘的爱称。

军；最难忘——斯顿卡走进高高城门，他是叮当的镣铐满身。

河上悬崖依然，斯顿卡去不还，过了多少月月年年……阿特曼[①]！阿特曼！人们永远怀念，怀念伟大的首领的勇敢。

如果在我俄罗斯还有这样的人，他不贪安乐，不只顾自身，对待那穷苦人没有不义之行，热爱自由像热爱他母亲……

他能奋不顾身，为自由斗争，请他登上这悬崖的绝顶，这悬崖便要将伟大斯捷潘的理想／全都忠实地告诉给他听。

---

① 哥萨克对首领的称呼。

三、关于我自己的诗

拟《金沙江上情歌》

我小时候读过《歌谣周刊》，对其中理论不甚了了，但其中引用的各地歌谣，却使我倾倒。"蝴蝶花开蝴蝶飞，鹧鸪草长鹧鸪肥。门前种得相思树，落尽相思佀未归。"这样的无名作者之作，列于《子夜歌》《西洲曲》左右，不是也并不逊色吗？只是我们的文学史家们，不管承认不承认，往往不能摆脱"文必秦汉，诗必盛唐"的影响，谈民歌谣谚，也是汉魏以前的好；诗三百与乐府民歌可登大雅之堂，后来的民歌却只能视为末流，叫作"俗文学"了。

一九四七至四八年，我读了刘兆吉记录的民歌集《西南采风录》，沙鸥、薛汕编的《金沙江上情歌》，又读了李季采用陕北"信天游"写的长诗《王贵与李香香》，以及拟歌谣体的《马凡陀的山歌》。这些一洗书卷气的诗歌，以其刚健清新吸引着我，征服着我。我当时都有一些仿作。

我在一九四八年初写过《拟金沙江上情歌》若干首，例如：

哥是青天太阳伞，妹是山背朝阳花；

情哥探头追到晚，小妹香遍一满洼。

韭菜妹吃恋到久，芹菜哥吃想得勤；

一朝沿墙牵手种，半盅清水也散心。

郎是青草长年绿，妹是阳雀叫半春；

青草年年青到远，薄情阳雀一时亲。

月亮出墙亮锃锃，约来小妹夜谈心；

星星有心莫心跳，相交小妹莫漏风。

月里种着梭罗树，江边山下树万棵；

梭罗树下白兔守，花红林里等情哥。

蓝天底下雪山白，绿草旁边江水青；

青绿裤子黄丝带，靠拢小哥亲（青）上亲。

豌豆豌来豌豆豌，望郎望得眼望穿；

郎心好比金沙水，还学豆蔓绕弯弯。

哪有落不完的雨？哪有放不开的晴？

谁家小郎不贪花？谁家小妹不偷情？

《金沙江上情歌》原书我已失落多年，现在无从对照，哪些形象、语言纯属蹈袭，哪些出自我手，带着"伪民歌"的味道。不过我可以断定的是，"蓝天底下雪山白，绿草旁边江水青"，是从"雪山不老年年白，江水长流日日青"脱胎，比起后者的醇厚深沉，高下自见。

我没有接触这些民歌产生地的风土人情，又不熟悉那里的语言，仅从文字记录的第二手材料进行仿作，必然做不到形神兼似，经不起识者推敲。

《致不知姓名的先生》

一九四八年三月，北平《经世日报·文艺周刊》刊登了一篇编者的题为《致不知姓名的先生》的公开信。

原来这位不知姓名的先生写来一封匿名信，用"打入地狱"的英文字眼和气愤的语气，进行指责。为的是这个副刊上发表了我的习作"长短句"若干首。

编者在答复中说：

生活的重担究竟使人多写还是少写，我一直不能确定。但是从一般的情形看来，至少它是压住了许多写文章的人的心情。编辑这个周刊，取文向来不论派别或色彩，最欢迎的是投来的稿子，但是真正能归入"文艺"类的文章，实在少得使人难过。

您指责的那位写短诗的先生，在本刊已是第三次发表作品，想来您不是不知道。这一次，诗确是弱了一点，我承认（并且当时我还无可奈何地觉得对不起另一位颇为爱护本刊的诗人）。可是，不知道您起初看到他的短诗的时候，有没有我第一次接到他投来稿子时候的印象：并不是完善的艺术品，但是作者还能够用短短的几句表现出一个意念，一个感触，或是一个情绪。新诗，目前正在一个最可怕的一切尚未成形的混乱阶段。妥帖稳当、韵味动人的像林徽因先生的诗，似乎不是毛手毛脚的后起者在这个嘈杂无比的时代里可能追上去模拟的；结实有力、气势吸人的像穆旦先生的诗，确实用他的巧妙教了我们"诚实是最好的策略"，但是它本身似乎还欠了那完工的一笔；跳过许多步，试看风行一时的马凡陀山歌，它实在代人出一口厌气，读了心里舒服，但是拿来当作艺术品看，恐怕连作者原来也没有这个意思。这是我随意提出几位一时想到的写诗的人，根据我读过的几首诗写一点点印象，不过要借了他们迥然相异的形式和风格，说明现代诗一方面没有大家遵守的格律，另一方面还没有大家既能尊崇又愿跟随并且有能力学习的一个或数个诗人，一种或数种诗。抛弃了古来的传统，又没有当代的标准，我想这正是一个泥土石块一齐倾下去的奠基的过渡时期。这位写短诗的先生，他确实还缺乏修炼，更重要的是往往不入深处，偶然还有近乎粗陋的地方，但是我认为他的短诗，枯是枯，还有生命成长，还有一点力（"有一点点力量就是好的了"，闻家驷先生说得不错）。我认为，他如果获得鼓励和练习，可能有些成就。先生，我请您再看一遍以前的和这一次的，把您的尺度稍稍放宽一点再估估价。

在我尝试写作的早年，曾经得到许多位未曾谋面甚至同样不知姓名的编辑的扶掖；而上面这些话是我的习作第一次得到的形诸文字的公开的评论与支持鼓励。

当时《经世日报·文艺周刊》署杨振声先生主编，通讯处北京大学图书馆。因知在北大任教的诗人、翻译家金隄协助杨振声先生编务，曾设想这封署名编者的信或为他代笔。近读杨振声先生记，始信。

这篇《致不知姓名的先生》乃杨先生亲撰。文长约二千字，娓娓而谈，彬彬有礼，虽是对不讲道理的匿名信的答辩，却可称一篇别具一格的散文。限于篇幅，不及备引。

不管怎么样，在当时国民党统治区的文化荒漠中，注意于培植幼芽，站出来保护，这种精神，就是在今天看来也是值得珍贵的。

指　点

在旧物中，发现一页一九五〇年收到的退稿信：

《北京颂》一诗，收到了。

作者是有能力的，有些想象或造句很不错，但通篇读来，觉得：（一）乱一些，把很多东西都写进去，没有好好剪裁组织。（二）有些铺张，可能引起别人一种卖弄之感。显然，作者总在技巧上下功夫。有些辞藻旧一些了。（三）谈历史部分，恐须注意民族问题。由于以上原因，我们不拟刊用，特退回，请查收参考。如何设法表现一点生活的东西就好了。致

敬礼

人民文学编辑部（印）　十月十八日

这封信不长，但中肯地指出了我那首分为四章的长诗的毛病：芜杂铺陈，辞藻陈旧。透过对作品的批评，我领会到编者要求作者不要仅仅着眼于技巧，更要接近生活。言简意赅，既来源于洞察作品的识见，更来源于关注初学者的热情。

现在辨识笔迹，这封信是严辰同志所写无疑。当时我并不认识严辰，也不知道编者是谁，只认为这是编辑部的意见，这样剀切的指点，是我乐于接受的。

从二百四十二行到四十行

我在一九五二年十一月间写的《到远方去》初稿，有二百四十二行。严辰同志读后认为芜杂。我放了几个月后，重写为比较整齐的诗体，四行一段，共四十行。现在重读经严辰同志略加圈改的这份初稿，感到所以冗长，是因为纷繁的印象——回忆与想象，未加消化、剪裁和熔炼，掺杂着许多叙述性的、散文化的成分，同时对一些虽然是诗但并不适于全堆砌在这一篇东西里的成分，不忍割爱。它的散文化首先表现在这个方面，而不在于它采取了段无定行、行无定字的典型自由诗体。不过，从这里可以看出，我当时还缺少驾驭生活面比较广阔的题材和典型的自由诗体的笔力，顾此失彼，拖泥带水，捉襟见肘，不能统率全篇。因为这种典型的自由诗体，要想写得好，没有冗词冗句，没有旁生枝节，自然流荡而又浑然一体，是很难很难的。

我想把这份初稿，不厌其长地抄附在后面，对于有同病的年轻作者，在对照我后来压缩为四十行的定稿时，或者能得到一些鉴戒。当然，定稿也不一定就多么完满，只是已成历史，不必再做修改。定稿在一九五三年六月《中国青年》发表后，收入单行本时曾又重加点定，总算比初稿集中精炼一些。

〔附一〕《到远方去》初稿

一

今天早晨就上路。收拾好我的行装：打点了钻探仪器的零件，书籍、计算尺也放进背囊。我是一个地质勘察队员，我将出发到远方。

我将到新的铁路线上去，哪怕那儿还没有铁路的影子；我将到新的矿井去，哪怕那儿还是一片荒凉。

哪怕那儿无边的旷野上／还只有我们的帐篷，还只有马车的铃声，还只有星星点点灯光……我们正要到那儿去，到那儿去／唤醒那沉眠在大地底下的／无穷无尽的力量。

如果那儿已经万事齐备：如果吼叫的火车已经代替了／

吱吱扭扭的车辆,如果沿山一孔一孔土窑洞/已经变成了高楼大厦的玻璃窗,如果是这样,那多么好啊!但是如果不经我们的手,这一切只能是梦想。

不久梦想都将实现!建设的蓝图/会比一切梦想更美满。哪一代梦想家/能像我们寻思得/这样广阔,这样长远?

我们要让大地解冻,让石油倾流出来,像沸腾的牛奶/把千千万万个引擎催动——在那金黄的田野上,在那明光灿烂的内燃车间,在飞机场和公路上,一旦有了成百倍石油的供应,将要风行起怎样一种新的歌声!

也许正是我,正是这一座采油树树立以前,正是这一片油田开采以前,正是这一个石油的海洋发现以前,我就在这块地面/勤奋地钻探过。每逢我这样一想,任凭歌声赛过银铃,也甜不过我的心境!

也许不是油井,而是一座金矿。不管是金银铜铁锡,我的心境总归一样。因为我和我的同志们/了解了大地的秘密,像了解自己的手掌;我们唤醒祖国怀抱中的力量,使人民的生活更加幸福康强。

二

我将要到远方去,到祖国的边疆。到帝国主义者足迹到过的地方,还到他们足迹没能到过的地方。

祖国，你的领土果然辽阔，祖国，你的宝藏果然丰富！帝国主义盗贼们 / 对你是垂涎三尺！它们蹂躏过你，它们掠夺过你……但是历史发出了警告，警告全世界的冒险家，在中国的天上地下，再没有他们的乐园！

虽然一千万方公里的土地 / 我并不能全部充分了解，但是对我生身的北京，我熟悉它，像熟悉自己的母亲。

我在北京度过了童年。从我家的门口可以望见 / 那一带"使馆区"的灰色的长墙、密密地排列的敌意的炮眼。长墙下就是东单广场。美国兵、英国兵、法国兵，他们就在这儿跑马；日本的"武士道"就在这儿刺枪。就是在这儿，十轮卡车碾过负重的土地 / 和地上游戏的孩子；也是在这儿，一九四五年圣诞节的雪夜，美国兵强奸了我们的姐妹。

而今天的北京，东单广场换了新模样：白天它是儿童的球场，傍晚它是情侣的公园，夜里它倒像一个水陆码头——机关和医院新起的楼房 / 好像靠岸的万吨轮船，每一间舱房都亮着灯火，等待着明天的远航。

从前为了北京的荒凉，我曾经埋怨过它的空旷；今天我爱上它的繁华——愿它开辟更多的街道、广场。愿它种植更多的林木。愿它营建更多的楼房。

愿它欣逢更多的节日。愿幸福的人们歌舞尽欢。

尽管在远离几千里的外省，尽管再过了月月年年，不夜的京城的欢乐的夜晚，在我心头永远不会淡忘。

在天安门广场的四角，有四支祝福的红烛高烧；哦，那熊熊的原来不是火苗，是标语牌的高顶上／一簇簇红旗在飘扬闪耀。

欢腾的人声掩不住／青春的舞曲悠扬。孔雀开屏一般的焰火／带着一串串照明弹，把多少颗快乐的心／照得通亮；多少人借着这光线，从舞伴目光闪闪的眼睛，找到了真诚的友情。

突然，从天根，从地角，升起了几十柱壮丽的强光，筑成了长空和大地的屏障；我想起：正是在这样的探照灯光里，帝国主义的飞机／跌进了我们高射炮的火力网……

三

我有一个心爱的同志，从三八线上回到北京。

她在我临行的前夜归来，但不是为了送行。

她是回国来学习的。她还很年轻。她才二十岁，当了两年志愿军。

我真说不出多么惊喜——她在入学志愿栏／填下了：地质学院。

我紧紧握住这一双手。这双手，在朝鲜，小河水里敲碎冰凌，曾经给伤员洗过衣裳。这双手，在前线，漆黑的松林晚会上，曾经把秧歌的鼓声敲响。

这一双坚强的、纯朴的、温柔的手啊，也将学会辨别祖国的土壤。

四

十一月的早晨，心爱的同志送我／告别这心爱的／祖国心脏的城。

后半夜初降的霜花，已经被早起上学的孩子踩化了。侵晨的雾／却还弥漫着天安门广场。

在广场的中央，英雄碑正在兴建。

老石工用铁錾琢打着石块，清脆的声音好像鸟鸣。

这时候四围全都静悄悄，随着叮叮当当，彼此听到心跳。

她轻轻地告诉我："我想起了刘胡兰。

如果刘胡兰活到今年，她也整整二十岁。

我要走她没走完的道路，我替她过没过完的岁月。"

啊，我爱的正是你的雄心，虽然我也爱你的童心。

我这样想着，没有作声，只听着石板路上脚步声。

天安门广场的石板路，是一块庄严的没字碑。

它沾染过斗争的血，它留下了英雄的脚迹；

它倾听着历史疾进的足音，它送人走上战斗的路程。

在这清晨的天安门广场，我想起了祖国的英雄们——
为崇高的理想而奋斗，为人类的将来而献身；
为使贫苦永远成为过去，为把幸福建筑在人间地上！
看世界已经从朝雾里醒来，建筑工地的高架披满了阳光。
首都！临走我回头望你一望，空中的电线无限地延长……
我将把北京劳动者的心意，带给在边疆建设新城的人们。

五

马上要登程去远方，连我的青春和爱情。

谁知道：也许在河西走廊送走除夕，也许在戈壁荒滩迎来新年；我会从拔海几千公尺的高原 / 给你写信来。

留给你这张大地图，顶好迎面挂在墙上：祖国就如同在你眼前，我就如同在你身旁。

你将会从北京怀念着我，像我当初对你一样。远离北京的人想到北京，总会获得鼓舞的力量。我尤其会感到这种幸福：在北京思念我的，有这样一副少女的，又是战士的心肠。

冬天的夜晚，有人把窗外的积雪踏碎；夏日的黄昏，白花花的云彩在头上流转——这时刻 / 最容易思念起远方的人。但是，千万不要让对我的思念 / 占去你学习和工作的时间。

而我不仅日夜地勘探地心，我也要用人心来把人心思念。

　　　　　　　一诗一世界：邵燕祥谈新诗

六

我们都是惯于踏上征途的人，我们能轻快地说出"再见"！但是我们不能不感到沉重，不是因为离别，是艰巨的任务放在双肩。

我们是一九五二年的共产党员。我们是一九六二年的共产党员。我们是一九七二年的共产党员。

路途是这样遥远，时间却不懂得等人。今天不走昨天的路，明天不唱今天的歌。为了缩短历史的进程，我们要赶过飞快的时间！

今天我到远方去了，别了别了，心爱的人。也许我们在这儿再见，也许我们在那儿重逢。

〔附二〕《到远方去》定稿

收拾停当我的行装，马上要登程去远方。心爱的同志送我／告别天安门广场。

在我将去的铁路线上，还没有铁路的影子；在我将去的矿井，还只是一片荒凉。

但是没有的都将会有，美好的希望都不会落空。在遥远的荒山僻壤，将要涌起建设的喧声。

那声音将要传到北京，跟这里的声音呼应。广场上英雄碑正在兴建啊，琢打石块，像清脆的鸟鸣。

心爱的同志，你想起了什么？哦，你想起了刘胡兰。如果刘胡兰活到今天，她跟你正是同年。

你要唱她没唱完的歌，你要走她没走完的路程。我爱的正是你的雄心，虽然我也爱你的童心。

让人们把我们叫作 / 母亲的最好的儿女，在英雄辈出的祖国，我们是年轻的接力人。

我们惯于踏上征途，就像骑兵跨上征鞍，青年团员走在长征的路上，几千里路程算得什么遥远。

我将在河西走廊送走除夕，我将在戈壁荒滩迎来新年，不管什么时候，只要想起你，就更要把艰巨的任务担在双肩。

记住，我们要坚守誓言：谁也不许落后于时间！那时我们在北京重逢，或者在远方的工地再见！

政治抒情诗

《人民日报》文艺组一九五四年四月八日发给我一封打印的信：

你的诗作《我们架设了这条超高压送电线》在本报第三版发表后，由于诗的题材新颖，迅速地反映了现实生活中的重大事件，因而受到读者普遍的欢迎。这是应该向你致谢并道贺的。

当国家正开始大规模工业建设，全国人民正积极为建立社会主义社会而奋斗的时候，报纸刊用诗、特写等短小的文艺形式，反映祖国的崭新的面貌，加强对人民群众的爱国主义教育和社会主义前途教育，是非常必要的，因此我们希望你能继续选择生动的题材，为《人民日报》写这一类的政治抒情诗，使读者从中能更清楚地看到工人阶级的伟大力量，看到祖国是如何飞跃地在向前迈进，从而加强人民保卫祖国、建设祖国的勇气和信心。

这封信的作用不只在于约稿，而且指导我在此后一个时期写了较多类似的诗作；同年又在《人民日报》发表了《十二个姑娘》《我们爱我们的土地》《在夜晚的公路上》等篇。

在写《我们架设了这条超高压送电线》的时候，我还是不很自觉的；只是因为在为广播电台进行新闻采访活动当中有所感触，而这些感触有的并不适于写进要求短小和严格真实的新闻报道或新闻通讯，随手写成诗的形式，希望配合消息在广播中朗诵。我把它叫作"新闻诗"或"时事诗"。从这封编辑部来信中我才比较明确了"政治抒情诗"这个概念，力求从政治的高度来处理工业建设之类的题材了。

来历与出处

我一九五四年在《我们爱我们的土地》中，写到一棵麦穗——"它衔着六十五颗麦粒"，这个"数据"来自我的一位当时在铁道兵部队当营长的朋友的来信，几乎是原文照抄的。这位朋友名叫管廷禄，在抗美援朝战争中伤病住院，我是去探视同时住院的梁星（高而公，《刘胡兰小传》作者），得以结识的。

像这样有来历、出处的诗句，在我的作品中所在多有。

如《向建筑工人致敬》中，"建筑事业是万岁的事业"，就是传为朱德同志的一句话。我始终没有见到过成文的记载，但我当时深为领导者对建筑工人劳动的这一崇高评价所感动和鼓舞；我想我下面接写的"社会主义事业是万岁的事业。建筑者的光荣啊，永不磨灭！"是不违原意的。

又如《我们架设了这条超高压送电线》结尾四句：

伟大的同代的同代，

伟大的后人的先人。

在我们每一步脚印上，

请你看社会主义的诞生！

原来，在一九五二年底，有一次听胡乔木同志报告，他曾有"我们是伟大的先人的后人，伟大的同代的同代，伟大的后人的先人"之语。乔木是诗人，这几句也是警策，使我铭记不忘。一九五四年初写"高压线"一诗，走笔篇末，自然诵出，而"在我们每一步脚印上，请你看社会主义的诞生"遂如顺水行舟，势所必然。没有前两句，很可能也就没有后两句的。

此诗当时在《人民日报》发表，编者把"伟大的同代的同代"改为"我们是时代的骄子"；不知是否他也对乔木同志的报告记忆犹新的缘故。在一九五六年收入作家出版社的单行本《到远方去》时我又改了回来。

胡乔木同志的那次报告似迄未发表。而我的诗却已谬种流传多年，有关几句，时或尚见于论者称引；理合说明，当不视我为剽窃吧？

《比主题》

一九五六年秋，赵荣声同志寄给我一张《浙江日报》副刊的剪报（一九五六年九月二十一日），有吴佶伟同志《比主题》一文。

文章说："有人读完了邵燕祥和闻捷的诗以后，就做了'比较'，说道：邵燕祥的诗反映了我们现实生活中的重大事件——社会主义建设，而闻捷的诗只是反映了我们现实生活中比较次要的事件——爱情。"文章指出，"撇开艺术的特征而单是来比主题（题材）的'大''小'，这不是衡量文艺作品的正确尺度"。

文章接着指出："我们并不一般地反对'比较'。譬如说，把同一作家的前后期作品加以比较，能帮助我们了解一个作家的创作思想的发展过程；把同一题材而用不同表现形式的作品加以比较，可以帮助我们学习用不同形式来表现同一题材的本领。但如果硬要拿不同作家不同题材的作品来'比较'，并且从此评定作品意义的大小，这只能使创作园地日趋凋零，或者是'一色蓝'。要知道，对文艺作品的不同题材，人们各有其爱好。这正像北方人欢喜吃面粉，江浙人欢喜吃大米一样，是不必强求一律的。同时，作品的好坏，也决非单单比主题（题材）就能下定论的。批评一个作品必须从作品的历史条件、具体内容和艺术手腕出发。我想，我们那些热衷于'比较'的人们，应该懂得这一点。"

至今看来，这篇短文从读者爱好的多样性立论，主张题材、主题多样性，不要执着于"题材决定"论，是颇有见地的。特别在当时，爱情题材还处于禁区半禁区，对于最早写爱情题材的抒情诗的闻捷同志加以支持，是十分可贵的。

文章论证可能不太严谨，不应苛责，因为作者并不是理论家，而他是出于拥护"百花齐放"的一片好心。正如有些同志从主题和题材的"重要""次要"着眼，来对我和闻捷同志的诗加以褒贬，无可怀疑也是出于好心一样。

赵荣声同志在《工人日报》工作，是同行更是长辈。他关心我的成长，直到写信指出我已经刊出的文章中对成语的误用。寄剪报来，是因为"恐怕你那里不一定有此报，故为寄上"。这种师友之间的情谊，跟同志式的文艺评论中的获益，同样应该长记不忘。

郭小川的引发

一九五六年十二月号《人民文学》发表了郭小川的《山中》一诗，写诗人在宁静的山居中对战斗的人生的回忆，他迫不及待地渴望下山，"走向喧闹的生活""像作战般地工作"。我特别喜欢他诗中的："我爱在那繁杂的事务中冲撞，为公共利益的争吵也使我入迷，……"我把这两句作为题词，写在稿纸上，接着连夜写下题为《与郭小川论官僚主义》。这是十二月七日。第二天我把过于散漫和议论化的原稿，删整为《抒情诗的一章》。此诗则列为我的"右派言行"之一；迄未发表，抄录于后，聊志对小川同志的纪念。

> 我也常常为公共的利益争吵，同意，不同意：倾吐着革命者的良心。说到对党和人民有害的事情／不愤怒，不激动：我不能！
>
> 但是摊开在会议桌前的，却不是明火打劫和枪杀人命，不是把公物盗进腰包／或任何耸人听闻的罪行。
>
> 他是谁？妻子的不错的丈夫，孩子的够格的父亲，也没占公家什么便宜，曾经以革命的功劳博得尊敬；

日历一叠一叠地撕去，心弦一下也没有颤动，工作哪会不留一丝痕迹？办公室的椅垫磨出了窟窿；

好像从没有做错过什么事情，也从没有说错过什么话，——上级的下级，下级的上级——话由上级说，事情交给下级做；

脸上看不出喜怒哀乐，对别人的欢乐和痛苦也全不关心，没有明白的褒贬和赏罚，冷漠是最干净的抹煞；

听到严峻或温和的批评，都淡淡地还他一笑，那神情仿佛挑战："你们迟早走我这条道！"

简直是诅咒，我不能容忍，我困惑，我要求答案——这是怎么一回事情、为了什么缘故、怎么办？

怎么办？常常在激烈的发言以后，我发现自己还过于稚嫩：我的血液加快了循环，我所抨击的还屹然不动。

我的血，不许冷却，燃烧着我的热情；我的心，不要迷乱，需要真正的冷静。我寻根问底地思索着一串问题，有一样不用寻找，就在这儿：我的信心。

再赘一句：这里接触到的，只是我当时思考着的一个问题——一些同志的官僚主义化，表现在对事业、对生活、对同志、对是非的冷漠和麻木。这使我十分苦恼。而那时，以权谋私发展到违法乱纪，还没有超过个别的界限。如果小川同志活到今天，面对着革命队伍内部发生的"耸人听闻的罪行"，不知作何感想。我相信他会表现出一个战士的勇敢的；至于是否会形诸诗歌，那就是另外的问题了。

琴与箫

武汉长江大桥的石料来自琴断口采石场，那是传说伯牙摔琴谢知音的地方。而古琴台就在大桥的汉阳一端。"古琴摔碎在山边水旁，高山流水早成了绝响。"

地老天荒的琴断口，到二十世纪五十年代，有人来采石料，运到大桥工地，沉围堰，筑桥墩。一九五六年，桥墩建成，开始架设桁梁。一时叮叮当当，繁响不绝，使人遥想合龙之日，仿佛一具古琴横陈江面。

于是我写了《琴》：

> 过去的人哟，将来的人哟，
> 知音的人们，听我们拨动了琴弦叮当！

不久，老舍先生在一篇谈比拟的文章里，指为拟于不伦，大概先生心目中的古琴是要熏香沐浴弹奏于松风流泉之间的吧。我虽有些不以为然，但没有提出商榷，至今引为憾事。

巧得很，一九五七年夏，大桥合龙以后，我又到那里采访，触目而得的诗句是：

> 九孔洞箫是我们所造，
> 万里长江上第一座桥。

我写了《琴》的姊妹篇《箫》。到了秋天，大桥通车时，郭沫若先生写了《武汉长江大桥》一诗，劈头第三、四句说：

> 有一位诗人把它比作洞箫，
> 我觉得比得过于纤巧。

问题又出在比喻上。比喻可以有各种角度，纤巧也不失为一格；然而以箫喻桥，以桥为箫，"箫中吹出时新调"，却不一定是纤巧二字所能切近。不过当时我已经失去发言权，更无心推敲喻体了。

时隔四分之一个世纪，可以更超脱地回顾过去。我以为，对作者来说，比兴都要从生活中来，才能略出新意，不蹈袭臼；对批评者来说，也要力求善体作者的用心，并且了解他们构思的生活依据，才能真正实事求是。

随心所欲的批评

一九五九年，我在农场劳动的时候，有一天假日，想起罗马尼亚民歌《照镜子》，心血来潮，也以此为题写了一首略带谐谑的诗：

> 左照镜光，右照镜光，自己的模样自己端详；别的少女都赴约会去了，你怎么不去，照镜子的姑娘？
>
> 别的少女都赴约会去了，你怎么不去，照镜子的姑娘？在少年们的瞳仁、少年们的心里，映出了她们欢乐的影像。
>
> 在少年们的瞳仁、少年们的心里，映出了她们欢乐的影像。你捧在手里的却是镜子，一面镜子，沉默又冰凉。
>
> 你捧在手里的却是镜子，一面镜子，沉默又冰凉。快去寻找少年的心吧，爱情不在镜中，更不在自己的脸上！

虽然略带谐谑风，自信内容是严肃的。

　　　　　　　一诗一世界：邵燕祥谈新诗

但在"文化大革命"中，不是初期，而是到了"九大"以后，一次批判会上竟指责这首诗"想入非非"，证明作者当时身在劳动，可并没有老老实实接受改造云。

好一个"想入非非"，不仅表示对笔下写到"爱情"与"少女"的作者的蔑视，而且实际上足可否定一切文学创作的。

这是我曾遇到的随心所欲的批评之一——如果这也叫批评的话。

克雷洛夫寓言三则

克雷洛夫寓言，原著据说是韵文。吴岩同志的译本用散文译出，流畅可读。一九六三年春，我在一个剧团为提供演员朗诵节目之需，曾将其中三则"还原"一下，分行、押韵。所据即吴岩译文，未敢走样；只有《大老鼠和小老鼠》中，我把给大老鼠报信的改为不确定的"有人"了，因此题目相应改为《大老鼠论猫和狮子》。

这三则寓言，无论吴译或我的改写稿，当时都没有付诸朗诵；而后者在一九六六年像一切寓言和有关的作者、编者一样，受到了批判。

本来我想抽空把克雷洛夫所有的这些寓言都"还原"为诗

体的，后来自然兴味索然了。留此三篇作为纪念，并就正于译者吴岩同志。

诽谤者和毒蛇

谁在人世间作恶顶多，谁下了地狱就能得上座。魔鬼的筵席上起了纷争；诽谤者和毒蛇谁是头名？

诽谤者吐出它的舌头，证明它不甘屈居在后；毒蛇呢嘶叫着露出毒牙，好像说："谁还敢说句二话？"

毒蛇一寸寸直往前拱，诽谤者眼看着要落下风；魔王出面来了结纠纷，对毒蛇说出了这样的结论：

"虽说你也经常杀伤人命，无故地咬起人百咬百中；但是，你可能老远地把人中伤，像那诽谤者的舌头一样？

"我完全承认你毒蛇的价值，然而诽谤者更值得重视。诽谤者有权利坐在前边儿，毒蛇呢照理该谦卑一点儿！"

狼和杜鹃

一只狼告别邻居杜鹃："亲爱的，让我们说声再见！这里四面埋伏着危险，日夜都叫我寝食不安。

"我将远去到安乐之乡，好一似世外桃源的地方，在那儿河里流的是牛奶，人们温存得羊羔儿一样。

一诗一世界：邵燕祥谈新诗

"在那儿谁也不懂得战争，人人像兄弟般照顾邻人，甚至连狗也不粗声叫唤，不用说更永远不会咬人。

"再见了，亲爱的朋友和邻居，我总算找到了个甜蜜的去处，再不至于被迫跟人打架，愉快的生活会和平而富足！"

杜鹃说："祝你一去千里！我永远忘不了你的脾气，你的好脾气，你的狼牙，是带去呢还是留在这里？"

"什么？留下？留下干嘛？""那么，先生，你记住我的话，不管你跑到了海角天涯，人们也要把你剥皮死打！"

大老鼠论猫和狮子

"有一只大狮子把猫逮住了，这对你是一条大好消息！"有人告诉大老鼠说，"你们从此能自由地游戏！"

"嘎？这将会是一场惨烈的厮打，你且慢高兴也少说空话，那狮子必定会丢掉性命，世界上有谁比老猫更强大?！"

只因为大老鼠吓破了胆，听见了老猫就浑身打战……所以，你一点也不必惊讶，它雄辩地做出了这样的判断。

一句诗

一九六二年秋天，在南京独游清凉山，忽然即景得诗一句："一蝶如叶坠秋风。"曾想促成一绝，竟难以为继。后来也就不作此想，因为此情此景，已尽包容在一句之中，再添便成蛇足或赘疣了。

于是我相信，有一句诗意就写一句诗，不必敷衍格律。在这个意义上说，这也就是自由诗了。

联想到日本的俳句，口占遣兴，在极精简的十七个音节中，规定要有表征四时的风物。据说在日本，喜欢俳句的人以千万计。上述断句，虽然不是"十七字令"（汉字一字一音），精神上庶几近之。

套　用

一九八三年十一月二十三日晨听广播，从明年起不发棉花票了。棉花丰收，敞开供应，不须凭证限量了。

这使我忆起一件啼笑皆非的往事。约在一九七〇年十月间，秋风起而棉桃绽，在河南淮阳干校摘棉花时，有人侈谈棉花两熟，我说凡事要不违规律，作物生长成熟，不以人的意志为转移，例如植棉，就"只出棉花，不出棉花票"云云。不料这两句被视为攻击棉花统购统销政策的言论，招来一场声色俱厉的批判。

我当时接受了这一批判，却没有如实交代：我在参与这次闲谈的时候，心里正想着"郎是桐花，妾是桐花凤"，以及近人嘲笑卢前（冀野）的"文似东坡，人似东坡肉"；说到棉花，脱口套用，以致惹祸。好在"虱子多了不咬，债多不愁"，文字狱案牍盈尺，再加一两句失言之罪，也就根本不以为意了。

近读报刊发表的新诗和旧体诗，套用陈言，蹈袭名篇名句的，不一而足。而少见有评论家认真指出的，这也算得"宽容"吧。

咏　鸡

在干校劳动时，偶尔口占旧体诗，记得咏鸡的一首七绝中有两句："岂知今日刀头菜，曾叫千门万户开。"当时处境不佳，都没有笔之于书；自知根底浅薄，从来不敢自是，过一阵，也就置诸脑后。这一回正当麦收，看到连队黑板报动员"三夏"的诗里,劈头就是"飒爽英姿五尺杈",不禁哑然失笑。默诵拙句,发现自己还不致不知诗为何物,于是隐然有自得之意,十多年过去了,印象依然很深。

被改诗

选家渐渐多起来了。最近见我一首旧作被收入一本诗选,其中一句"跨过农业合作社的田野",被改为"跨过农村的田野"了。大概因为诗写在一九五四年,当时可以叫作"农业合作社的田野",后来已经是"人民公社的田野",而现在逐步改变"政社合一"的体制,普遍恢复乡的建制的同时,有些地方的公社又改称合作社,有些地方则成为农工商联合体了吧。

我的一首关于小兴安岭林区的诗,写到"雪雀",被编者改为"云雀"了,而那里冬天雪雀有之,云雀是绝对没有的。但编者想必是以为我误把云雀写成雪雀了,代为改动也是可以理解的。

我屡思不解的是另一处改动。我一九五四年写过《五一节寄自鞍钢》,其中有三行:

一诗一世界:邵燕祥谈新诗

我们光荣的鞍山人

　　禀告祖国，

　　要什么钢，出什么钢！

　之前编入一本书时，却被改为：

　　我们光荣的鞍山人

　　听从祖国吩咐——

　　需要什么钢，

　　就出什么钢！

　原句无非表示要努力满足各方面对钢与钢材在品种、型号上的要求罢了，再无别的深意，哪有什么不妥呢？后来有一次我偶然跟孩子发脾气，说："捣什么乱！起什么哄！"才忽然无师自通地悟到这个含有"什么"的句式，用某种口气来读时，可以是表示一种贬义的、蔑视和不屑的口吻。编者显然是为了避免产生这样的误解才代为斧正的，然则是出于爱护我的好意了。

　　此则原题《改诗》，不确，应作《被改诗》。

《在书架前面》的回响

一九七八年十月《长江文艺》发表了我的《在书架前面》，不久，我收到编辑部转给我的一首同题和诗；新诗唱和赠答还是少见的吧。作者何宝民，是河南南阳的一位教师。

> 深秋的夜晚，静静地读着你的诗，
> 过往的回忆，撩动我深切的思念。……
> 多么相似啊，你的书架和我的书架，
> 小小书架，折射出大地的风云变幻。
> 希特勒的疯狂，蒋介石的凶顽，
> "四人帮"灾难的浩劫，降临到多少书架前面。
> 法西斯蒂的暴行，践踏着我的心啊，
> 横眉冷对，我默念着："总有一天！"
> 这一天，我拂去层层蛛网，厚厚尘埃，
> 书架啊，又增添了多彩的容颜。
> 喑哑的喉咙又开始激情的欢唱，
> 于是，写下这首小诗，用我笨拙的语言。
> 毛泽东思想的光辉指引着我们，

实践，恢复了它不灭的光焰。

紧贴着《毛泽东选集》的是周总理的画册，

《革命诗抄》，我放在画册旁边。

一九七六，清明节，那撕裂人心的日子啊，

万千花环，无尽哀思，把我们总理悼念。

"地下有不灭的血迹"，天安门在怒吼，

"空中有不灭的歌声"，八亿人在呐喊！

几只黑手，怎能禁锢熔岩的燃烧？

几片乌云，怎能遮挡祖国的蓝天？

光明与黑暗，在激烈地搏斗啊，

鲜血凝成了壮丽的诗篇……

《鲁迅全集》旁边是郭老的《女神》，

我喜爱那狂飙式的诗，那《凤凰涅槃》……

旧中国，浓黑的子夜里，

有多少个觉慧在憧憬着明天！

"宝和下处"，描绘了多么悲惨的人生图画啊，

祥子的遭遇，强烈地将我的心灵震撼！

三十年代，革命文艺在反革命"围剿"中冲杀，

一支浩荡的大军啊，从上海亭子间到延安宝塔山。

一伙鬼魅竟想割断这历史，

历史证明，这毕竟是他们的一场虚幻。

《三月的租界》是讨伐的檄文，

鲁迅锐利的笔锋，早已戳穿了狄克们的鬼脸！

你不是惦记巴尔扎克在何处养病吗？

他回来了，而且并不孤单。

金钱奴仆的醉生梦死，

《人间喜剧》里不都有着他们形形色色的表演？

《契诃夫小说集》，绿色的封面多逗人喜爱啊，

夹鼻镜后面是作家智慧的双眼。

文学珍品，世界人民共同的财富，

想否定它吗？只暴露"四人帮"无知到极点！

你感叹李白的颠沛流离，

"四害"横行，岂止是"诗仙"一人受到牵连？

我把《唐诗选》放上书架，

让诗人们互相酬答吧，尽情畅谈。

新的时代，要写新的历史，

我佩服诗人的胆识、慧眼。

长江边走来了作家徐迟，

用生花妙笔把当代英雄点染：

李四光为祖国做出了卓越的贡献，

"哥德巴赫猜想"鼓舞着陈景润勇敢登攀。

而迷惘的宋宝琦啊，他刺痛了我的心，

并非出于职业的本能和习惯；

谢惠敏式的人，给了我深深的启示，

多么需要啊，清除我们心中的余毒和隐患。

暴露"四人帮"穷凶极恶的篇篇控诉，

不正是我们新时代的忠诚誓言！

小小书架的最底一层，

我搁上了《朝霞》《批判》一堆破烂。

当初，江天怪论，初澜谰言，

曾是一块块石头掷向无产阶级江山。

如今，主子灭顶，奴才悲叹，

一块块石头成了一块块墓砖。

留下它，无非是奇文共赏，

伟大的鲁迅是我们光辉的楷范。

不是吗？《伪自由书·后记》中，剪存了

叛徒的肖像，叭儿的狂吠，骗子的胡言……

读着它，战友们当开颜一笑，

年轻人当学会识别谣言世家的鬼蜮手段。

深秋的夜晚，我静静地写着诗行，

小小书架把你我的心紧紧相连。

秋风送上我的诗，我的问候，我的祝愿：

放开歌喉吧，为新长征写新的诗篇。

未来，四个现代化的未来啊，

花更繁，叶更茂，果实更甜！

那时，我们该做多少书架啊，

也许手艺仍然不够熟练。

秋霜自然会爬上你我的双鬓，

但心头充满着万千个喜欢……

这首和诗许多地方比我那首原作写得深刻，写得好。当时刚刚冲破"四人帮"的文化禁锢和文化灭绝，特别是刚刚经过关于真理标准讨论，人们对政治生活和文化艺术的一些共同感受，被我的这位素不相识的朋友真实地表达出来。

一九八〇年冬，何宝民同志来北京组稿。我提起这首没有发表的诗，他只淡淡一笑，仿佛那是一件已经很久远了的事情。

友贵能诤

这里是一位友人在一九七八年读过我的一些手稿后写来的信，信里声明"多记一些不满足处"，有些批评意见，远远超出字句的推敲之外。

摘抄部分如下：

《人民·历史·世界》：我很喜爱这种写法。但觉得写得一般。哲理诗，需要思想、哲理上的一个飞跃。哪怕是老生常谈也罢，要有新的角度和深度。

《在书架前面》："惯于从鲁迅的……之下"，"惯于"二字似不舒服。（引者按：原作"我已经惯于从鲁迅的横眉之下／去寻找深沉的憎爱，力量的泉源"。发表时已改为："多少次，我从鲁迅的横眉之下"云云。）

《花朝》：头两句显得软弱。（按：指"今天是一个什么日子？我梦见燕子衔来了彩笔"。）

《关于记忆力》：很耐读。但我希望写得更有战斗力和火药味些；为什么（大庆的）齐莉莉不多记住一些"四人帮"的罪行呢？（按：不是齐莉莉没记住"四人帮"的罪行，是我那首未发表的诗离当时的政治远了一点。）

《中国又有了诗歌》：自"大快人心事……"后几节似缺少变化和发展，因而有罗列之感。诗人以诗论诗，还可以更一针见血！

《化雪》：写得细，真。但如为了发表，还需加点力量。

《桦皮书》《地质队诗抄》：石头、树林，栩栩如生。但我还是想多嗅点火药味——抑或会破坏了作者委婉抒情的风格？

当然，您在发展您自己的风格。有些是含而不露的。……

朋友的信进一步明确地指出：

转眼，二十年过去了，这又是怎样的二十年啊，伟大的和卑微的，真实的和虚伪的，残酷的和热情的……这些强烈的对比，闪电般的变幻，狂风飞浪，我希望在您的诗里看到更多的反响。"士隔三日"都要刮目，况是一两千个"三日"呢？我希望在饱经沧桑风雨之后，出现一个更巨大、勇敢（已不是牛犊的无知的无畏了）、成熟的形象。

这真是一针见血地切中我"一半是战士，一半是庸人"的要害。

"友直，友谅，友多闻""同门曰朋，同志曰友"。唯真正的朋友和同志能知无不言。

比起对我的习作的赞许，我更看重批评，也许我一时或不能完全理解和接受，但促我清醒，在自己的认识水平上择善而从。我把这些批评保存起来，时时温习，从同志的真诚批评中感到友谊和鼓舞。

友人的鼓励

我的《在远方》一书代序《答友人》，"啊，不要说，不要说创伤是挂在胸前的花朵……"那首诗，是答友人钟灵的。

钟灵在一九八一年一月五日寄我一首《献给诗人的不是诗的诗》：

> 我捧着你的诗集，像捧着一团火，我的心也像一团火；像捧着一盘珍珠，我的热泪也像珍珠，一颗颗地掉落……
>
> 是什么力量，使两颗真诚的心灵"三十一年契阔"？

是什么力量，摧毁着含苞待放的花朵？

　　岁月可以染白了我们的鬓发，却浇不灭我们的理想之火。

　　真难过！有多少年青的朋友，心灵之火正在熄灭！诗人呵，举起你的火把，把他们的心灵点燃吧！为了祖国！

　　创伤，算不了什么！因为我们是战士，总是把创伤叫作——挂在胸前的花朵！

这首充满友谊和革命激情的诗，对我寄托着厚望，鞭策我燃烧起使命感、责任感。只是我的光和热都有限，这是时时感到惭愧的。如果要纠正钟灵的一点偏颇，那就是许多年轻的朋友，从历史和现实手中接过火把，给了作为"诗人"的我的心灵以光明和温暖。

所谓"三十一年契阔"是指我们在一九四九至一九五〇年一度在中苏友好协会所办的俄文夜校里同学。当时同学还有方成、叶至美、徐放、袁水拍等。我所在的班的教师是诗人、翻译家丘琴。

腐鼠及其他

在一九八三年某日诗歌日记中，我记下几行杂感：

鹓雏不食腐鼠

燕雀也是不食腐鼠的

说燕雀不知鸿鹄之志

而鸿鹄能知燕雀之志么

腐鼠云云，典出《庄子·秋水》，李商隐名诗《安定城楼》尾联用此典："不知腐鼠成滋味，猜意鹓雏竟未休。"

正常的人的正常的胃口，当然不能接受腐鼠的滋味；且视鸱（猫头鹰）得腐鼠而大嚼为恶心。恐怕历代诗人正是在这一感觉上，用腐鼠的美味来比喻权位利禄。

我们现在口语中还用"吃了苍蝇"来形容恶心。恶心之感来自反胃，是不能诉诸视觉、听觉的。

读奥斯汀·多布森（一八四〇——一九二一）《名望和友谊》（林天斗译），诗中"死人吃的食物"这个意象，我看正同中国古典诗歌中"腐鼠"一词相类，而它所比喻的恰恰是"名望"。可见名利二字在中外诗歌中都不是歌颂的对象。

名望是一种死人吃的食物，——

对此我毫无胃口。

在昏暗狭窄的房间里，他们

在静寂的坟墓里大嚼，

可身边却没有同伴亲切的声音

来为这饕餮者欢呼助兴。

但友谊则是比较高贵的东西，——

友谊是应该大加歌颂的。

老实说，一个人终要去世，

但他却活在朋友的记忆里，

朋友总是想起他较好的地方，

而把他的缺点加以埋葬。

重读我自己写的儿童诗

　　我平生写过二十几首儿童诗，其中有十几首写于新中国成立以后，十年浩劫之前。

　　翻看这些快乐的小诗，我不禁感到痛苦。一阵阵对当时的小读者负疚的心情向我袭来。

　　是的，我歌唱孩子的友情、节日的狂欢、夏令营的晚会，我歌唱对知识的渴求、对社会主义建设的向往，这有什么错呢？没有。我欺骗过小读者吗？没有。但是后来的生活总不断提醒我，在我们给少年儿童的精神食粮中是不是缺少了一点什么？是不是有些应该说的话忘记了说，或者根本没想到要说？

有人告诉我，有这样一个女孩子，在五星红旗下长大，她读了不少的书，并且只是按照这些书本去想象和认识生活，她陶醉在一片温暖和光明里。在她的欢乐的少女时代刚刚结束的时候，迎头遇到一场大动乱的持续的狂风暴雨，她是在毫无精神准备的情况下，一下子被抛到她不仅没有经历过，而且从未想象过的逆境之中，她目睹身受了光明背面的黑暗，她迷惘，她失望，她绝望，以致失去了生存下去的信心和勇气。这样的孩子还不止一个。想到这个死去的爱读书的女孩子和一些跟她同命运的孩子，我的心就痛楚。我想我们的儿童教育工作者，儿童文学工作者，被称为"灵魂的工程师"的人，写作"生活的教科书"的人，对这种不幸的事情，以至对我们整个国家和民族的不幸，是不是也负有一份不容推卸的责任呢？

四、关于读诗和写诗

流行的意象

我是在二十世纪四十年代末期进入写诗年龄的。看看我们这一辈人当时笔下的意象，最多见的、重出的以至共同的，常常是"黎明""原野""春天""花朵"，寄托着一代青年知识分子对解放区的向往，对新社会的希望。

正如同在古典诗词中，明月孤灯照出游子情怀，北风刁斗传出征夫积愫，这些意象往往也是长久流行，在特定的作者群和读者群里发生继承性的连锁反应。

从一个或长或短的时期的诗歌中流行的意象，可以多少窥见当时的时代精神，可以多少了解当时人民忧乐的趋向。

当然意象重在独创，然而作者们多数不能完全超脱于一时一地流行的意象的影响之外。

新诗产生的半个多世纪以来，社会生活剧变频仍，节奏紧促，反映到诗歌的内容和形式，也反映到诗歌中流行的意象，大体可以十年左右为一期（一九一八至一九二七，以下类推），发展变化，有迹可循。

如果在某一个新的时期里，诗歌又重拾起已经过去的某一个时期里一度流行的意象，这种反复就值得引起注意，值得深思。

新鲜的意象

苏金伞同志近年来的作品，我最爱《寻找》，他写到独步开封古城，怀人忆旧，那样深情，但绝不颓唐。我惊奇于他的不假藻饰的白描手法怎么能产生这么动人的艺术魅力，虽然这在理论上似乎是已经不成问题的。

金伞同志写诗半个世纪，我最近捧读他的诗选，有些是读过的，有的未曾读过。发现他写诗往往有独特的角度，这就把人人可见的自然形态的创作素材，提炼为仅仅属于自己的创作"题材"即艺术内容；同时发现他的诗在表达自己深挚的感情和独特的发现时，不仅用质朴的语言，而且熔铸为新鲜的意象。而由于他植根于农村，这些意象往往富于浓郁的泥土气息。

例如《雷》（一九四六）中：

　　由于雷的催促，

　　羊奶葡萄般的雨点，

　　饱含着亮光，

　　孕育着生机，

　　一颗一颗摔碎在地上。

又如《睡眠》（约一九四二）中：

　　想起战斗的日子，

　　睡眠

　　像锅巴草，

　　一着地就生了根；

　　像熟透的葡萄，

　　可以随手掇得。

　　都是葡萄，一个是"羊奶葡萄般的雨点"，使人仿佛看到诗人喜雨的笑容以至怒放的心花；一个是"像熟透的葡萄""随手掇得"的战斗间隙的小睡，使人想得到战士的鼾息多么香甜。

金伞同志重病手术，已经两年，最近刀口终于愈合，听说他精神很好，又在动笔写作，深以为慰，遥祝老诗人健康长寿。

地理课本上的诗

我读小学时，地理课本是相当枯燥的，除了某地是某两条铁路的交叉点，就是某地是某些土特产的集散地，如此而已。

只有一次，大约是讲内蒙古的课文里，忽然冒出两句诗："边日照人如月色，野风吹草似泉声。"顿时增添了兴味，使人颇涉遐想。

不知为什么，我印象里总觉得这两句是明人的诗，我至今也没有查找到它的出处。

假如我们有人肯为青少年编写一本文学色彩比较浓厚的地理读物，穿插一点儿历史掌故、前人游踪和精选的好诗名句，会大大增加可读性，不失为爱国主义的教材。

二十世纪四十年代后期苏联有两本这样的书，曾经获得斯大林奖金。作者似是米哈依洛夫，五十年代我们曾出版陈原译本，一本叫《苏联地理》，一本叫《苏联新地理》，都是图文并茂，笔调清新，娓娓动人。

我们好像还没有这样的作品，有志者盍兴乎来！

习 惯

一九七九年五月《诗刊》发表了艾青的《绿》。写的是作者复出以后在早春初到南方的印象：

> 好像绿色的墨水瓶倒翻了
>
> 到处是绿的……

这个开头就给人新鲜的感觉，色彩明丽照人。

但是编辑部收到不止一封读者来信，说"看不懂"：什么叫"刮的风是绿的，下的雨是绿的，流的水是绿的，阳光也是绿的"？有什么含义，抑或别有所指？写那么多"墨绿、浅绿、嫩绿、翠绿、淡绿、粉绿……绿得发黑，绿得出奇"究竟有什么教育意义？

对于这样的提问和指责，始则惊讶，继而也就理解了。有些读者已经习惯于从字里行间捕捉微言大义，何况面前是艾青这样一个"大右派"，更须提高警惕，此其一；其二，有些读者也已习惯于从文艺作品直接接受宣讲与号召，闭塞了接受一切形象、色彩、声音、感情的感觉通道。习惯是一种能够入人很深的势力，不但影响于创作者的创作，也影响于欣赏者的欣赏。

对于广大的读者，经过长期的文化（包括诗歌）禁锢，接触到艾青这样的诗，春风扑面，耳目一新；而在某些与"文化大革命"中的诗风取得适应的读者，自然要视为异物了。

回忆我在一九七七年六月写《献诗》（刊于《诗刊》一九七八年二月号）时，用了拟物的手法："我是麦穗""我是雨燕"……考虑到当时形成已久的欣赏习惯，我在每一组暗喻前面，都加上形同赘疣的"我想象"三个字。今天的以至往后的艺术思想大为解放的读者，于此可以想象面对着某种未必正常、未必值得保存的欣赏习惯，为了适应某种既成的欣赏习惯，且不说作者自己的欣赏和创作也受到某种习惯势力所左右时，在艺术上会招致多么大的牺牲。

比较与鉴别

同样题材、同样题目的作品，拿来比照着阅读，常能有所体会。

现在国歌已经恢复田汉作的《义勇军进行曲》原词了。这固然由于原词与曲结合无间，深入人心，看到原词，自然耳边会响起聂耳谱写的那沉雄的旋律；听到曲子，也自然会按字合拍地唱出原词——这是就会唱原词的人来说，没有唱过长期代国歌的《义勇军进行曲》的青少年不在此列。

后来一度推广的改词，为什么不能成功？为什么不能流行？为什么甚至可能连参与集体改词的作者也未必能够默唱？

这里面大有经验值得总结，而且不限于诗与歌词不宜集体拼凑这一点。

我们太习惯于改填歌词了，这也许是因为迷信所谓诗要借助于音乐的翅膀的缘故。我们有倚声填词的传统，但是无论多么好的词牌，"言之无文，行之不远"。况且像《义勇军进行曲》，已经在全国范围家喻户晓，就很难像"骑白马，挎洋枪"一曲改为"东方红，太阳升"那样后来居上，传遍遐迩的。

少作与晚作

一个享寿较长、创作生涯也较长的作家，自然有早年与晚年，也就有早期作品与晚期作品之别。

然而作品思想、艺术的高下，未必与年事的高低成正比。

当然有悔其少作的大家，但也有像龚自珍那样的，自认"少作精严故不磨"，并且慨叹"诗渐凡庸人可想，侧身天地我蹉跎"。虽然这并不完全合乎他的实际。诗人弱冠才华特出，发论奇警，直到《己亥杂诗》，是无论怎样也不能目为沦于凡庸的。

一个人的文学作品或学说理论，作为一种客观的社会历史存在，在接受实践检验的时候，它成于作者什么年龄，并不重要，更不能作为判断精与粗、正确与错误的根据。

有些作者到了晚年，编集诗文时大量删汰甚至尽删少作。但是一则未必年纪大了就比早年更正确，二则作品一经写出，就不由作者本人垄断评判权，因此本人意见就不足为凭，要待人们根据著作的实际做出公论。

实景与造景

新安江东流到建德上下一段叫建德江。这时两岸都有岗峦起伏，虽不高，而绝不见"野旷天低树，江清月近人"的风景。

最初我几乎怀疑孟浩然《宿建德江》一诗，是不是付印时诗题误植。排除这个质疑之后，不禁哑然自笑。诗人并不在写游览指南，他完全可能在"移舟泊烟渚"，宿建德江之夜，回忆白日江行所见，形成了自己心中的画。这幅画是视点分散的长卷，其中也有野旷天低的平岸，被作者收归笔下，缩于尺幅了。我们涵泳其中的已是经过诗人创造的意境。诗中的建德江不尽是也不必尽是实景的建德江——更不必是诗人所"宿"的这一段建德江。一定要从诗责取实景，未免刻舟求剑了。

智慧·机智·小聪明

小聪明不等于机智，更不等于智慧。

小聪明甚至不可能上升到机智，更不用说上升到智慧了。

在生活中如此，在创作上亦如此。

我们读一些所谓哲理诗，带有讽喻意味的诗，或者某些唯智倾向的诗的时候，对这几个层次（有些不同层次之间是相通的，可以经由量变而转化的；这里智慧与机智或可相通，而对小聪明是格格不入的，正如"油滑""耍贫嘴"永远不同于诙谐、幽默与讽刺一样），不可不辨。

诗人一旦坠入"小聪明"，弄巧成拙，要成器也难。

风格的比喻

在南京讨论三位诗人作品的小会上，与会者纷纷以比喻来形容三位不同的风格。我以为赵恺是"潮平两岸阔，风正一帆悬"；王辽生是"感时花溅泪，恨别鸟惊心"；朱红是"曲径通幽处，禅房花木深"。

风格常常同题材不可分。赵恺喜欢从鸟瞰的角度写社会生活中的事件，多用排比，汪洋恣肆；王辽生感慨往昔，激励自己，咀嚼苦难，吐出赤心；至于朱红，不同于赵恺的吟咏人事，也不同于王辽生的直抒胸臆，他比较注意于雕琢布置，所以"深幽"云云，倒不是专指他写的《贼》那一类作品的。

风　格

风格多样化永远是我们所向往与追求的。其实，严格地说来，本无须提出这样的命题。因为每个作家都应该有自己的风格。不是说风格是作家在艺术上成熟的表现吗？

既然如此，就不能以不成熟冒充独树一帜的风格；幼稚不算一种风格，不通也不算一种风格。

急管繁弦可以是一种风格，混乱杂沓却不成其为风格。

粗朴是一种风格，粗糙却不是风格。

言之有物

写诗跟为文一样，要言之有物。

什么是物？曰情，曰理，曰象。

情就是感情（激情，情绪），理就是思想（哲理），象就是形象（意象，意境）。

没有这三者，就流于言之无物，成了"假大空"之一的空话。

诗中所谓空话，固不限于不准备兑现的决心、保证以至脱离实际的口号的。

关于民族特点

在读过一位蒙古族诗人的诗集后我写过这样的话：读少数民族作家的作品时，总有一种心理，希望他们笔下能够传达出他们本民族长远的历史、文化、现实生活以至自然环境陶冶出的精神气质于精微，而为别的民族的作者所不容易表达，甚至不能轻易窥见者。

然而我也并不认为少数民族作家只能专擅写本民族人民的

生活和本民族聚居地区的山川风物；他们完全应该把多民族大家庭的整个中国，把中国以外的世界，都纳入自己的视野和"尺幅"。

希望各兄弟民族涌现更多有才能的歌手，涌现更多如花开遍原野、如风飞越关山的好诗；同时希望从事理论研究工作的同志，能就我们常常谈论但又常常不得要领的，诗歌和文艺领域中的民族特征、民族特色、民族精神、民族形式、民族化这些概念，以及立足于世界文学对中国——中华民族文学的共同和特殊要求，立足于中国这一多民族大国对国内各民族文学的共同和特殊要求这类问题，做出马克思主义的阐明。

关于现实主义

刘再复同志读了我在宁夏银川"塞上诗会"（一九八二年九月）的发言之后，在给我的信里提到现实主义的概念问题，使我深受教益。信上说：

> 您所讲的现实主义问题的观点，总的方面，我是赞同的。但在论述这个问题时，最好把历史概念和美学概念区别开来。作为历史概念的现实主义和作为历史概念的浪漫

主义（即当时的流派、思潮），它们确实是对立的，互相排斥的。但作为美学概念的这两者，则又可以结合、统一。

另外，现实主义有时是指创作方法，有时则是指一种文学体系，即现实主义文学理论体系。例如我们说鲁迅开创了（"五四"新文学的）现实主义传统，似乎不仅是指他开创了现实主义艺术方法，还包括他的大胆、真诚看取人生的态度，真实性、现实性（非纯然形式的真实）、倾向性、典型性相统一的原则，毫无讳饰的现实主义精神等等。这个体系如果是开放式的，当然不会排除吸收其他美学风格，其他美学意义上的各种主义的技巧。

如果把一些界限划得更明晰一些，可能（立论）会更严密。

倪诚侃来信谈"懂不懂"

我在《人间要好诗》中说："古代诗人写诗给亲人、友人，或只写给自己，只有自己或少数人心领神会的诗也是有的。今天有了印刷、广播、电视等发达的传播媒介，写诗要求发表，成了一种社会劳动、社会行为，那就不能满足于只有自己或少数人能懂了。"我引用了托尔斯泰的两句话：

　　艺术品的任务，就在于把晦涩难解的东西变成明白易
懂的东西。
　　艺术所以不为广大群众所理解，只是因为这种艺术很
坏，或根本不是艺术。

我说"这是说得十分透彻的了"。

此文在《诗探索》一九八二年第二期发表后，有一位在东
北某钢铁公司工作的倪诚侃同志写信来提出意见，信上说：

　　托翁是充满矛盾的。他在《艺术论》中的见解却又是统
一的。在说了您引用的这段话之后，他还说过，区分真正
的艺术与虚假的艺术的肯定无疑的标志，是艺术的感染性。
感染越深，艺术则越优秀——这里的艺术并不是就其内容
而言的，换言之，不问它所传达的感情的好坏如何。艺术
的感染的深浅决定于下列三个条件：（1）所传达的感情具
有多大的独特性。（2）这种感情的传达有多清晰。（3）艺
术家真挚程度如何，换言之，艺术家自己体验他所传达的
那种感情的力量如何。后面他更强调，实际上只决定于最

后一个条件，就是艺术家的内心有一个要求，要表达出自己的感情。我认为这些话是艺术内在规律的揭示，是我们以往流行理论所回避的。至于以群众是否理解为断，是外在的东西；不应该盲目搬用，说它是"十分透彻的了"。

比方说，托尔斯泰把"旨在寻求众多的读者而写作的那些书籍"说成"这不是作品，而是作者的手工艺品"，明白表示了决不媚俗之志；他又说："所有的作品，若想成为优秀作品，就像果戈里谈论他的绝笔之作那样（"它是从我内心唱出来的"），应该从作家内心唱出来。而从大部分站在发展高峰的作家们的内心，怎么唱得出接近人民的东西来呢？人民是理解不了的。——即使作家努力下降到人民的水平，人民也不怎么理解。""请您完全站在人民的水平去试试吧，人民会藐视您的。"（《托尔斯泰全集》第四十六卷，七十至七十一页）

另一处，托尔斯泰写道："据说，不知是谁说过，我们有教养阶层的知识和艺术是虚伪的。为什么由于人民不领会这些知识和艺术，您就下结论说它们是虚伪的呢？"（《托尔斯泰全集》第八卷，一至二页）

关于诗与群众，托尔斯泰更说过，"至于大多数人——群众——诗人的裁判者，则是感不到热和温暖，而仅仅看到光"，不了解诗的工作和真正的诗人"是身不由己地怀着痛苦去燃烧自己并点燃别人的。"（《西方古典作家谈文艺创作》，春风文艺出版社一九八〇年版，五百三十二页）

我认为，人民由于自身和客观种种原因所限，理解不了高深、精致一些的艺术，这种情况是经常有的。为此才需要"提高全民族的文化水平"。我以为改造并提高群众的审美情趣也绝非狂妄。

我还是赞成您这句话："诗主要是写给能够阅读的读者的。""我们又有责任引导读者……帮助他们提高鉴赏水平。"

我不能对托尔斯泰的全部艺术观作概括的评价，例如研究他关于什么是好艺术、什么是坏艺术的见解等等，那是文学史家和文艺学家的事情。因此我甚至有点后悔为什么要引证托尔斯泰的话来说明本来人尽可知的常识。当时也许是出于一种习惯，想增加申述的权威性吧。但有权威的作家也并不是每句话都具有真理的权威。托尔斯泰《艺术论》中对易卜生、贝多芬的见解，难道是能够同意的吗？

俞平伯论诗的社会性和诗的了解与赏鉴

最近偶翻旧资料，常常发现目前围绕新诗的种种新议论，都是几十年来的老题目；比如对于新诗的讽刺、奚落，早在二十世纪二十年代初到三十年代间，就是聒喇于耳的，甚至有某些论者今天的言论，正是过去本人所驳辩过的主张。由此深感人的认识不是一次完成的，在认识过程中有发展，有飞跃，也有反复。这不去说它，只说有些当时的议论，长期不为人所注意，今天看来，仿佛还有很强的针对性和新鲜感。

上海古籍出版社印行了俞平伯《论诗词曲杂著》，卷首一篇《诗底进化的还原论》里，就有许多这样的段落。

这篇写于一九二一年十月，原载《诗》第一卷第一号的文章，在论文学的社会性时，指出"'感人'是诗底第一条件，若只能自感便不算有效的诗。……诗并不以自感为极致，在效用一方面讲，自感正为感人作张本"；同时指出"所言者浅，所感者深"是诗的另一条件："言浅不但指使用当代底语言，并且还要安排得明白晓畅。……仅仅是言浅，虽不见得定能深切动人，但倒言之，深切动人的诗，十之八九都是言辞浅豁的。"

俞文说："诗中最宝贵的材料是普遍的情感，异常的心灵现象虽不妨在诗中偶然表现，但其效率决不能如前者底广大。可惜世人好奇心太甚，把真理颠倒过来了。他们总以为诗人必有了古古怪怪的'幻想''神思'，方成第一流；却不知道诗人底伟大，并不在他心境底陆离光怪，是在他能叫出人人所要说而苦于说不出的话。我并不说诗人没有特殊的'幻想''神思'，我说真的诗人并不专靠着这个去擅胜场。虽在一时代有如此的现象，但在进化的轨道上，却已将成过去了。""文学家——诗人自然在内——是先驱者，是指导社会的人，但他虽常在社会前头，却不是在社会外面。因为外社会去指导社会，仿佛引路的人抛弃游客们而独行其道，决是不可能的。在社会一方面看，诗人自然是民众底老师，但他自己却向民间找老师去！"

俞文在批评康白情先生"诗是贵族的"这一论点时，指出了诗的了解与赏鉴中存在着不同的层次："我们常常听人家说，自己也说：'了解''不了解''能赏鉴''不能赏鉴'，其实这些太笼统了。须知全不能与全能之间，并非空无所有，还有许多间隙的型——部分的了解、赏鉴。这实在比较全有与全无，这两极端事例，要重要得多。……不全知，并非全无所知，不能充分赏鉴，并非充分不能赏鉴；这是很明白的。作者虽竭力表现他底思想底径路，到了最明白通晓的地位，但终究不能使人人皆知，即使人人皆知，亦决不能人人和作者一般的全知，这个事实我极承认。但我却想不到因此可以断定诗是贵族的这句话。""见仁见智，原在乎读者底眼光和所处之地位；但启发仁或智底可能性，却应为作品所固有，决非渺不相干的。若作者说了东，读者觉得是西；作者说了善，读者觉得是恶，这不是读者有精神病，就是作者表现能力不济。但一般的读者决不会全是精神病狂，故这个责任当然在作者底身上。不是他词不达意，就是他原来没有真实的态度；这两个毛病至少须有一个，或者竟两个都有。""若作者自命为可以见仁见智，而读者竟无所见，这也无论如何作者应当负责的。他决不能以愚昧无知归罪于读者，而轻轻推卸他底责任。说好的作品，一般读者不能和作者有同程度的了解、赏鉴，是很不错。但若说一般读者虽全不能了解、赏鉴，或在相反的情景下了解、赏鉴，而原来艺术品底价值，依然可以独立、无条件地存在，这实在使我们怀疑惊诧不已。我自己相信，艺术本无绝对的价值可言，只有相对的价值——社会的价值。""读者和作者有异程度的了解、赏鉴，是不足奇且当然的。但读者决不得和作者有异性质或方向的了解、赏鉴，或者全无所了解、赏鉴。若然如此，便无异于宣告艺术底破产。艺术本拿来结合人间底正常关系，指引人们向上的路途。若两层都不能达到，艺术便失去了他底存在；……"

俞文从诗的了解与赏鉴进而论述了好诗应有广泛的社会感染作用："艺术和言语本有相似的功用，故了解艺术和了解语言是同样的光景。言语不以难懂增它底价值——只有减少——为什么艺术以'难懂'做价值增高底标准呢？……好的作品并不一定难懂，难懂的也不见得就是好的；在效用一方面讲，难懂反是不好的征象，越难懂便越不好，到传染性等于零，便艺术底光景也跟着消灭了。""这样看来，好的诗底社会传染性必然是很大的。现今所以尚不能一时达到，正因有特殊的困难存在，并不是本来应当如此。现今所有的阻碍，不外下列的几种：一、文字底障碍没有消尽，读者无从接近诗底内心。二、教育底效力没有普及，有许多较复杂的思想、情感，不容易了解。三、社会制度底不公平，大多数人没有闲暇去接近文学。四、诗人底诗，留着贵族性的遗迹，不能充分民众化，还是少数人底娱乐安慰，不是大多数人底需要品。若将来各方面一齐进步，我敢断言好的诗应都是平民的，且没有一首不是通俗的（依周〔作人〕先生的说法）。现在的光景不但是历程的一段落，可以改变，并且还应该、必须去改变。"

以上摘引各点，这些在六十五年前所说的话，难道不是通情达理、实事求是之论吗？

不是人人都能写好诗

一九八二年十一月，我在文学讲习所做过"一个诗歌编辑谈诗歌编辑"的讲话，其中"引经据典"地说到诗有别才，不是人人都能写好诗，更不是每个初学写作者都适于把写诗当作终身事业。

编辑部每天收到大量稿子，是不是对每个人都要满腔热情去支持他用全副精力致力写作，或鼓励他为成为作家、诗人而奋斗？如果我们在回信中，不加分析地一味地去做这样的鼓励，恐怕未必恰当；有时倒会适得其反，害人不浅。我很欣赏严文井同志在《青春》（一九八二年十期）上发表的意见，其中有这样几句话："他们编辑都应该是发现者，善于从我投去的十篇稿子中发现一篇勉强能用的稿子；或者从十篇都不能用的稿子当中耐心发现我还有一点好苗头，鼓励我再接再厉；或者发现我既无基础又无才能，坦率及时地对我进行宣判，免得我在这方面浪费光阴。"编辑对那些没有创作前途的人进行坦率的劝告，也是一种负责的表现。可能当时要挨骂，骂你编辑老爷太武断；也可能这么一刺激使他发愤，有所成就，那自然是好事。如果他冷静地考虑，接受了这一劝告，不再浪费光阴，而把才能用到别的方面去，那也算编辑做了一件好事。

这样的意见并不是严文井同志第一个提出的。但是近年来，像他这样诚恳地提出忠告，还是少有的。高尔基《给青年作者》一书的开篇，一九一一年，高尔基给加兹奈里逊的信说："您好像不很明白诗是什么，俄罗斯语言也不熟练，而且俄国诗人们的作品似乎都没好好地读过。我想忠告您：还是中止写诗好。现在，在您那儿，看不出诗才。"如果高尔基不这样写，鼓励他写下去，他一无所成，过若干年他会骂高尔基；那时倘能骂高尔基还算是他的清醒，如果一直没有自知之明，总抱着一种怀才不遇的感情，长期陷入盲目性，那就损失更大了。

二十世纪五十年代我们出版了苏联诗人伊萨柯夫斯基《谈诗的技巧》，都是给青年作者的信。序言里有这么两段话：

> 我很明白，绝不是每一个初学写诗的人都有天才，并不是他们每一个人都能成为诗人。有许多人简直是在迷途上，在白白地欺骗自己。但是他们正在写，他们怀着希望，他们把大量的精力消耗在绝不是每个人都能胜任的工作上。
>
> 我曾经考虑过很多次，如果对这些人谈谈什么是诗，谈谈为什么有些人能写出好诗，有些人不能，谈谈一个有写诗的能力的人还需要怎样，他应当成为什么样的人，他应当怎

样写作，向什么方向努力，那也许会有很大益处的。

在给女作者林娜的信中有这样几段话：

　　可惜，还有第三类人。这就是那些人，他们一度想象自己有写诗的天才，虽然实际上一点也没有这种天才，但他们又不肯把这种想象中的天才抛开。这种人通常会变成写作狂，也就是认为自己是没有被承认的天才。他们写了整整一生，并且认为写得比别人更好，觉得自己怀才不遇只是因为命运的摆布，因为别人的恶意罢了。他们继续怀着不满和痛恨。

　　您有没有写诗的天才——现在很难确定。因此，您无论如何不要把全部希望都寄托在写诗上。这也许会使您上当的。

　　如果您有天才（即使表现得非常晚），那也是一件很好的事情。如果将来表现出您写诗不过是青年时期的爱好，那么，将来您就要能够及时明白这一点，能够及时从事另外一种工作。

　　我知道有这样一种情形：有些青年想象自己是个诗人，于是就丢下功课，开始去追求光荣了。但是，他们当然不会得到任何光荣，后来他们也必定会感到痛苦的失望。

我所说的这些青年简直把自己的生活都毁坏了。

我们做编辑工作的，能及时地向一些不适合搞创作的同志提出劝告，恐怕应该说是一种负责态度。

伊萨柯夫斯基《谈诗的技巧》这本书的最后，有这么一段话：

至于说到那些写诗虽然已经写了十年，十五年，或者十五年以上，但仍旧没有任何良好成绩的人，那就不能认为他们的天才还没有来得及表现。我们用最正确的说法来说，他是没有这种天才，而且应当很坦白直率地说明这一点。这样长久地做一个"初学写诗的人"，或者这样长久地坐在"预备班"里，超过任何预备班的期限，也的确是令人无法理解的。

自然，任何一个人——年轻也好，老年也好——只要他喜欢写诗，他就有权利写诗。但是他有时候也还得想一想：假若一个人做的是他显然做不好的工作，而因此他的工作不能带来任何对社会有益的结果，那么他做这件工作究竟有没有意义呢？

群众创作与"郭沫若"们

人人可以写诗，但不必人人为诗人。

人人为诗人，也就没有诗人了。而诗人还是需要的。

一九五八年大搞"诗画满墙"的所谓群众运动，提倡全民写诗，人人写诗，每个村出一个"郭沫若"；然则，还是承认了郭沫若毕竟不等于人人。

随着人民物质文化生活水平的提高，要开展群众文艺创作活动；其中包括写诗，但也不必要求人人写诗，连要求人人读诗都是不切实际的。

群众文艺创作活动中会产生大大小小的"郭沫若"，大大小小的诗人、作家；但不要求每个从事业余文艺创作的青年都立志做诗人、作家。

群众文艺创作，由于它同群众生活保持着密切的关系，给"郭沫若"们以有益的影响，同时它又从"郭沫若"们得到帮助。

群众文艺创作活动是"劳者歌其事"，"郭沫若"们的创作也是"劳者歌其事"。

只有人民群众的生活才是文艺的唯一的源泉。过去和现在

一诗一世界：邵燕祥谈新诗

的民间口头文学，群众文艺活动中产生的作品，都不是"源"而只是"流"。

到了完全消除了体力劳动和脑力劳动的差别，我们可以"今天做这个，明天做那个，早晨打猎，下午捕鱼，傍晚畜牧，饭后批评批评，随我兴之所至"（《德意志意识形态》）的时候，到底是怎样的具体情况，现在还很难具体描摹；但我想就是那时人人可以为诗人吧。由于个人素质不同，专注的程度和所费的力气不同，那作品仍然是会有优劣高下文野精粗之别的，更不用说风格了，只要不像有些人想象的，微电脑将代替人来写诗的话。

人类总是前进的，向上的。人类的物质和精神产品，总是不断由低级向高级发展的。随着社会的进步、科学技术的发达，人的主观能动作用、人的创造精神不但不会被限制、被堵塞、被削弱、被取消，相反会生出飞天的羽翼。因此，诗人，也将是无可替代的，他们的歌声不会消失于人人的歌唱之中。

冀汸谈写诗

冀汸同志一九八一年十月一日给我的信中谈到诗创作是探索，是捕捉，没有成法，非常深刻；谈到勤奋与轻率，也发人深思。摘录如下：

　　文学创作是探索，写诗尤甚。在多次不满意之后，才偶尔能够有一次的比较满意。如果想从某一次的"比较满意"中总结出什么经验之类，作为今后写作的方法和诀窍，却又只能得到失望。一首诗有一首诗的路子，不可能或极少可能循着同一条路写出相同水平的两首以上的诗来。如果勉强这样做，其结局只能是形似，或者干脆是形式主义的，犹如懂得平平仄仄，掌握一东二冬，写出的东西固可称为"五律"和"七律"，但不一定就是诗，更不一定是好诗。诗创作是探索，更多的时候是捕捉。夏夜萤火虫似的，就在你的眼前闪烁；伸手去捕捉，也就在你的手指边，却总难抓住。如果稍为懈怠一下，它就永远过去了，再也无从追寻。当然也有"潮平两岸阔，风正一帆悬"似的写得很流畅、很顺利、不必费劲的时候，但极少这样的时候。回想起来，只有写《跃动的夜》、《喜日》和《我赞美》才是这样的。我觉得，写诗这种创作劳动，比从事其他文学形式的创作劳动更艰苦一些，往往是执笔以前所花的时间、所花的精力比执笔过程中所费的时间、所费的精力要翻上几番。有些诗人，每天写诗，而且一天写出若干首，而且不断在各报刊上发表出来，私心一面佩服他们的勤奋，一面又不以为然，因为我看到了那成果：写出的是n+1行字，而没有一行诗！当然要勤奋，却不可轻率，决不应该让发表欲牵着鼻子走。劣品上市太多，最后只好"关门大吉"的。这种教训，生活里还少吗？

改　诗

关于改稿问题。一般说来，稿子如果需要修改，应该是编者提意见，请作者自己动手。尤其是内容方面的问题，倾向问题，更不好越俎代庖。自然，有些语法不通，标点错误，改动个别字，则不一定都征求作者意见。首先要消灭技术上的差错。至于"小作点改"，可以有助于增强作品的艺术表现力，这要看编者的水平，倘不能点铁成金，反倒是点金成铁，或不能画龙点睛，反倒是画蛇添足，自然还是不可擅作增删；即有增删，也还是征得作者同意为好。我们编辑有时有一定的删改权，但像一切权力不可滥用一样，每一落笔，都要三思。

这里还经常遇到一个问题，就是要区别作品的风格和"不通"。懂不懂的问题，我们谈得很多了，是从读者角度说的。

从作品本身谈，还有一个通不通的问题：文字通不通，情理通不通。不同的风格可以百花齐放，但不通的篇章、不通的字句，完全不应通过。"不通"不算一种风格，不应取得"豁免权"。诗作为一种语言艺术，有它的某些特殊性，但无论如何，它也不能超出文字表达思想感情的一般规律。作品首先要通，语言要达意，要消灭语言达意方面的不通，逻辑情理方面的不通，我们编辑是有责任的。

可删改的不是好诗

我曾经开玩笑说：判断一首诗好坏，我一半以上靠直觉。我还有一个土办法，测定一首诗成熟不成熟：现在的诗一般比较长，动辄七八十行，那就请你看这篇东西有没有可以删掉的字、句、段，有没有可以挪动的字、句、段。如果可以删掉一些字、句、段，而无伤于诗意的表达，甚至可以表达得更精彩，那就说明这篇作品啰唆了；如果段落可以调换，等于重新结构，那说明这首诗还停留在部件阶段，甚至粗坯阶段，没有成为定型的有机整体。成熟的好诗，不能轻易地删掉或挪动一字、一句、一段，字、句、段都是各就其位起着它的作用。这不是苛求，诗本来就应该是很精练的，经得起推敲的。

当然，这里的所谓删改，不是像有人把杜牧七绝删成"清明时节雨，行人欲断魂；酒家何处有？遥指杏花村"那样的大刀阔斧。

鲁迅说的，写后多看两遍，把可有可无的字、句、段删去；不要把写短篇的材料拉成长篇；以及"选材要严，开掘要深"，虽主要是对小说作者说的，但也是一般的文章之道，其精神于写诗也是适用的。

不一定愈改愈好

这是两首题为《致彩蝶标本》的诗。

其一：

你已不能再飞，

却给人以飞翔的梦；

你已不再能梦，

却给人以夏天的记忆；

你已不再能记忆，

却使一切记忆得到永生——

千百年后，当人们

再一次看到你，

他们将深知

你的记忆，你的梦……

其二：

你已不再能飞，

却给人以飞翔的梦：

斑斓的翅膀驮着蓝天。

你也曾梦见：

化作一朵小花，

迎着太阳歌唱。

你已不再能飞，

却给人以夏天的记忆：

缤纷的芳草、汩汩的泉。

人们不曾忘记

记忆你穿花拂柳行色匆匆，

送走了多少新嫁娘。

千百年后，当人们再次见到你，

从你彩色的裙裾，

会看到一个凝固的夏天！

两首诗出于同一个青年作者（杨榴红）之手。第一首层层推进，一气呵成，出语自然而别具巧思。第二首硬塞进一些解释性的东西，拼凑了两个平庸的画面。

据说，第二首是在听了编辑的意见后改写出来的。可见，别人的意见不一定全对，即使对，也不一定完全照办；而诗，可以愈改愈好，却也不一定愈改愈好。

戴望舒与亚默

罗大冈译法国诗人弗朗西·亚默（一八六八——一九三八）诗四首（《诗刊》一九八二年九月号），在前言中说"我国诗人戴望舒的诗深受法国现代诗的影响，这是人所共知的。试将这里所译的四首亚默的诗，和戴望舒的《我的记忆》等名篇参照阅读，两者神似之处给人增加艺术欣赏的快感"；"一九三三年至一九三五年间，望舒和我在里昂中法大学同窗共砚，常常谈到这些问题，望舒并无异议"。

按照罗氏指点，把亚默的《快下雪了》《餐室》二首和望舒的《我的记忆》《秋》二首抄下来，吟味之下，我以为两位诗人作品中相通之处，不在于诗人都衔着烟斗，分别听到"亚默先生，您好？"和"秋天来了，望舒先生！"，也不在于都有点以人拟物的天真的想象；神似在于同样的清新、自然、淳朴，两位诗人气质和语调的相近。自然，亚默诗抒写的是典型的法国环境中典型的法国人（知识分子、诗人中的"这一个"）的感情，望舒则用纯粹的中国语言写出了二十世纪三十年代像望舒"这一个"的典型的知识分子的感情。

这样的比较是极有意味的，对于提高欣赏水平也是极为有益的。欣赏水平提高了，便可以辨别什么是模仿，什么是影响；前者不宜常有，后者不可或无。

〔附〕亚默《快下雪了》

过几天，将要下一场雪。我想起去年。

我想起我的忧郁，去年，坐在炉火边。

如果有人问我：怎么回事？

我会这样回答：没有什么，请你不要管我。

我细细地思量，去年，坐在房间里，

外边，大片大片的雪花飞下地。

我的思量不为任何问题，现在和去年一样，

我叼着烟斗，木质的烟斗，镶着琥珀的嘴。

我那古老的橡木柜总是散发着木头的香味，

可是我太蠢了，怎么能变换这些东西？

要想赶跑我们已经知道的事物，

这是故意装腔作势，这是故意。

为什么我们要说话，要思想，这真滑稽。

我们的眼泪，我们的亲吻，它们什么也不说。

可是我们完全能理解它们的话，而且，一位朋友的脚
步声，

听起来比最甜蜜的语言更加甜蜜。

人们给星星起了名字，也不想想，

它们并不需要什么名字。还有那些数字，

可以计算出美丽的彗星将在阴暗中划过天空，

可是不能强迫它们，美丽的彗星，一定要在天上划过。

现在呢，它们都到哪儿去了，去年那些陈旧的忧郁？

几乎已经无从回忆。

我将要说：请你不要管我，我没什么，
如果有人走进房间，问我：怎么回事？

亚默《餐室》

餐室里有一个不大光亮的大柜子，
它曾经听见过我姑祖母们的语声，
听见过我祖父的语声，
听见过我父亲的语声。
对于这些记忆，柜子十分忠实。
人们错误地认为它默默无言，
我可是常常和它聊天。

那儿有一只木头做的布谷鸟，
不知为什么，现在它一声也不叫。
我不好意思问它，
也许它变成了哑巴，
发声音的那根弹簧断裂了，
完完全全像人死了一样。

那儿还有一只古老的食品橱，
它发出涂蜡的香气和果酱的香味，
肉类、面包和熟透了的梨的香味。
这只食橱是个忠实的仆人，
它知道不应当偷吃任何食品。

许多男客和女客到我家来串门，
没有一个人相信有那些卑微的灵魂，
他们以为我是那儿唯一的活人，
这使我微笑。客人进门，对我说道：
"亚默先生，您好？"

戴望舒《我的记忆》

我的记忆是忠实于我的，
忠实甚于我最好的友人。

它生存在燃着的烟卷上，
它生存在绘着百合花的笔杆上，
它生存在破旧的粉盒上，
它生存在颓垣的木莓上，

它生存在喝了一半的酒瓶上，

在撕碎的往日的诗稿上，在压干的花片上，

在凄暗的灯上，在平静的水上，

在一切有灵魂没有灵魂的东西上，

它在到处生存着，像我在这世界一样。

它是胆小的，它怕着人们的喧嚣，

但在寂寥时，它便对我来作密切的拜访。

它的声音是低微的，

但是它的话却很长，很长，

很长，很琐碎，而且永远不肯休：

它的话是古旧的，老讲着同样的故事，

它的音调是和谐的，老唱着同样的曲子，

有时它还模仿着爱娇的少女的声音，

它的声音是没有气力的，

而且还夹着眼泪，夹着太息。

它的拜访是没有一定的，

在任何时间，在任何地点，

时常当我已上床，朦胧地想睡了；

或是选一个大清早，

人们会说它没有礼貌，

但是我们是老朋友。

它是琐琐地永远不肯休止的，

除非我凄凄地哭了，

或是沉沉地睡了，

但是我永远不讨厌它，

因为它是忠实于我的。

戴望舒《秋》

再过几日秋天是要来了，

默坐着，抽着陶制的烟斗

我已隐隐听见它的歌吹

从江水的船帆上。

它是在奏着管弦乐：

这个使我想起做过的好梦；

我从前认它为好友是错了，

因为它带了烦忧来给我。

林间的猎角声是好听的，

在死叶上的漫步也是乐事，

但是，独身汉的心地我是很清楚的，

今天，我没有这闲雅的兴致。

我对它没有爱也没有恐惧，

你知道它所带来的东西的重量，

我是微笑着，安坐在我的窗前，

当飘风带着恐吓的口气来说：

　　秋天来了，望舒先生！

构思的影响

蔡其矫在他的《生活的歌》的自序里说：个人一段人生经验或一时感触，加上全人类的文化成果，等于诗。

他提到他从漳州艺人邵江海唱的《只莱歌》中找到了《波浪》一诗的旋律，解决了写前两稿都"不解气"的问题。他又提到他在那不正常的年代写的《祈求》一诗，"夏风、冬雨、花的颜色，都是自然现象，有什么可祈求的？爱情、悲伤、知识、歌声，都是极普通的人事，无须他人干涉，有什么可祈求的？这一切都是'反语'，最后一句就把前面所有的'祈求'都推翻"——"我祈求／总有一天，再没有人／像我做这样的祈求"。诗人说他是有心向莱蒙托夫学习的：

《感谢》（戈宝权译）

为了一切，为了一切我感谢你：

为了热情的隐秘的痛苦，

为了辛酸的泪，为了毒恨的吻，

为了敌人的报复和友人的诽谤，

为了那在荒漠中所浪费了的心的热忱，

为了一切，为了在生活中我所被欺骗的一切——

我只愿望这样，从现在起

我不再长久地感谢你。

我们在结构一首旧体诗的时候，一方面受到格律的约束（韵脚、平仄、对仗及其他习惯），而且有意无意地受到前人各种各样表达方式直至句式的影响。新诗，包括所谓半格律体在内，其实都是自由诗，好是好在没有流于程式，难就难在每一首真正的新诗，从内容到形式都是一次创造。当然，任何创造也不是一空依傍的，对前人和别人的作品的熟谙和领会，有时在构思过程中会给我们以关键性的影响，虽然这也有时候是自觉的，有时候是不自觉的。

不久以前，读到陈光孚新译秘鲁贡萨莱斯·普拉达《致爱情》一诗：

> 如果你是震撼九霄的喜事，
> 为什么还有猜测、悲叹、哭泣、不信任、令人心碎的痛苦，
> 以及焦躁的不眠之夜？
>
> 如果你是世上的灾难，
> 为什么会有欢快、微笑、歌唱、希望、令人倾心的魅力，
> 以及和悦与慰藉的景象？
>
> 如果你是雪，为什么迸发着熊熊的火焰？
> 如果你是火，又为什么那么冰凉？
> 如果你是阴影，为什么溢出光芒？

如果你是可爱的光芒，又为什么笼罩着阴影？

如果你是生命，为什么给我带来死亡？

如果你是死神，可为什么又给予我生活的愿望？

当时，我正有感于一位老工人新近搬进了原被某干部滥用职权占用的一套住房，心情很复杂，一时不知从哪里落墨。读到这首诗，一下子仿佛我也拿到了一把钥匙。立刻就写出了《恭贺春节并乔迁之喜》：

如果你本来就是这里的主人，

为什么长久地冲你关着门？

如果这是该当你居住的房子，

为什么你来得这么迟，这么迟？

如果你今天拿到的仅仅是房门的钥匙，

为什么竟牵动恁多人的心思？

如果这也算个小小的节日，

为什么你的脸任泪水洇湿？

如果大家都懂得这泪水的意义，

欢呼喧笑就会化为沉思。

如果我赠你大捧大捧花束，

远不如送一把小小的果实。

如果有酒就为这新的开始干杯吧！

如果让我献诗不如听你朴素的致辞。

在一次闲谈中，蔡其矫同志指出这首诗特别是诗的结尾没有写好，是中肯的。这是由于思想和艺术的功力都没有达到，不能归咎于匆匆急就。

适当注意平仄音韵的协调

陆蠡的散文是我旧时爱读的，我不知他写过诗没有。我只记得他一篇散文里有两句诗：

是西风错漏出半声轻叹，

秋葭一夜都愁白了头啦。

琅琅上口，多年不忘。我想在散文句式的流利自然之外，也还因为上下句各有四顿，上句的平仄平仄（西风，错漏，半声，轻叹；“出”字从古音也可仄读），与下句的仄仄平平（秋葭，一夜，愁白，头；“白”字从古音也可仄读）隐隐相对，音韵和谐。这里有意无意地吸收了近体诗的一些经验，但是不落痕迹。

早期新诗，重白话，但是只有鲁迅、周作人的诗与传统诗律彻底决裂，完全脱尽旧诗词曲的胎记。鲁迅有时押大致相同的韵，却纯用散文句法，不避俚俗词语；周作人也用散文句法，有时间用书面语和古代白话，基本上不押韵（像“阴沉沉的天气，香粉一般的白雪，下的漫天遍地”，其实有韵，但自然）。

在新诗中看得出旧诗词曲的影响的，自然也未必不是好诗。只有像《尝试集》中的一部分，迹近打油，才是恶札。

沈尹默的《三弦》就是一首好诗。但它首先是新诗：它用的是白话（即如“静悄悄少人行路”也是明白易解的），现代口语，散文句法；同时它除了用一个很宽很响亮的脚韵以外，句中还用了一些叠字和同声同韵字，读来铿铿锵锵，传达出“三弦”的余音。当然，向旧诗词借鉴，不一定都要写得叮叮当当，但适当考虑音韵的效果，也是有益无害的。有些新诗，写激昂的情调用了很窄的韵，使读者胸闷气促，自然不可能达到内容、形式相得益彰的目的，这是完全忽略了音韵的结果。

沈尹默《三弦》共三段，原来就是连排而不分行的：

中午时候，火一样的太阳，没法去遮拦，让他直晒着长街上。静悄悄少人行路，只有悠悠风来，吹动路旁杨树。

谁家破大门里，半院子绿茸茸的草，都浮着闪闪的金光。旁边有一段低低土墙，挡住了个弹三弦的人，却不能隔断那三弦鼓荡的声浪。

门外坐着一个穿破衣裳的老年人，双手抱着头，他不声不响。

句式的多样

近年来，又渐渐有人谈论文学创作的语言问题了。诗，在中外文学史上曾经是语言艺术的极致，其影响于民族语言的丰富与发展，是很深远巨大的。"五四"的新诗，首举白话的旗帜，从语言方面说，对于突破书面古汉语的桎梏，推动以现代汉语为基础的书面新文学的形成，也是立有殊勋的。

但是由于一些我们已经意识到的和也许暂时还没意识到的

原因，今天的新诗，在词汇和句式上，还远不能认为丰富。假如我们能以电子计算机对数量宏富的，以十万、百万（篇、首）计的新诗，进行词汇、句式的统计，那将是一件很有意义的事情。

关于词汇的贫乏，注意到和谈论到的比较多。而句式的贫乏，常常在追求语言的朴素、自然、明白、流畅这样一些无可指摘的审美原则的掩盖之下被忽略了。一个时期的新诗里，充斥着满足于平铺直叙的主谓结构，顶多加上一些惊叹句。句式缺少变化，反映了诗的情思缺少层次，缺少跌宕，更谈不到异峰突起；同时又反过来限制了诗思的摇曳生姿的表达。基本上采取散文句法的新诗，有时反不如好的散文在语言上出神入化；基本上采取现代口语的新诗，有时只具口语的躯壳，而没能发挥口语不仅在词汇而且在句式上新鲜活泼的艺术表现力。

为了加强艺术表现力，为了使读者在欣赏中一方面领略了语言所完满地充分地表达的思想、感情、形象，一方面还能感受到语言的兴味，我以为新诗要追求句式的多样。

《汉语诗律学》中对旧体诗的句式的分析研究，是王力先生的重要贡献。以五言近体诗的句式为例，他选出大量对仗句来观察，做出如下的统计和归纳：

五言近体诗简单句的句式，共有二十九个大类，六十个小类，一百零八个大目，一百三十五个细目；

五言近体诗复杂句的句式，共有四十九个大类，八十九个小类，一百二十三个大目，一百五十个细目；

五言近体诗不完全句的句式，共有十七个大类，五十四个小类，一百零九个大目，一百十五个细目；

综上所述，五言近体诗的句式，总计有九十五个大类，二百零三个小类，三百四十个大目，四百个细目。

王力先生说，这些类目当然不能包括所有一切的句式，细目和大目跟全唐诗中所能分析的句式的数目尚差甚远，但是，小类相差不多，大类则更相差无几了。

近体诗除了以讲求平仄和对仗为主要特色，以区别于古风之外，它更为了适应平仄和对仗的格律要求，形成众多新的句式——离散文越来越远的、完全非散文的句式。这是在古汉语基础上形成的格律诗的高峰。在汉语新诗领域提倡建立新的格律，如果不考虑近体诗建立格律的经验，只是斤斤于篇有定行、行有定字，终究是隔靴搔痒的皮毛之论。而在现代汉语的基础上如何讲求平仄和对仗，以至从而允许新的、非散文的句式产生，这种可能性的探讨，恐怕是不可避免的。看来这是一个长远的课题，也许有待于自由体的新诗有了更长足的、多样化的发展，积累了更多的实践和理论经验之后才有可能窥其门径。古典格律诗——五七言律是在谣谚、风骚、乐府歌行经历了上千年的文化积累以后才发生的，这个历史事实值得注意。

五七言近体诗中新句式的形成，句式的多样化发展，固然与五七言的限制、"逼上梁山"有关，而五个字、七个字的天地里，排列组合变化的可能毕竟有限。所以以五律为例，句式分为上百个大类，二百多小类，好像也就到头了。

然而以现代汉语为基础的自由体新诗，它可以主要从无限丰富的口语提炼艺术语言，同时也不排除对书面语言，对我国汉语古典诗歌、国内外各民族诗歌中语言形式和语言手段的摄取，在丰富自己的表现能力——例如在求句式的多样方面，应该有广阔的天地。是不是应该比在古汉语基础上形成的近体格律诗，在这方面更具优势，我虽限于学识，不敢肯定，但我抱有希望，请一代又一代诗人通过创作实践来证明。

关于旧体诗句式问题，除《汉语诗律学》外，王力先生在《龙虫并雕斋文集》中亦有文章涉及，值得关心诗艺的新诗作者和读者借鉴。

语法的通变

王力先生《汉语诗律学》中对语法的研究，也是他在汉语诗律方面的一大贡献。

古体诗的语法，几乎完全是古代散文的语法，正如古体诗的句式，基本上与古代散文的句式大同小异：虽然，"诗的语言毕竟和散文的语言不尽相同"。

近体诗即格律诗的出现，使诗的语言与散文的语言之间的歧异加深，与口语习惯的距离也更远了。不但表现在句式方面，也表现在语法方面。

王力先生分析近体诗在语法上与散文产生歧异的原因，大概有三种：

第一，在区区五字或七字之中，要舒展相当丰富的想象，不能不力求简洁，凡可以省去而不至于影响语意的字，往往都从省略；

第二，因为有韵脚的拘束，有时候不能不把词的位置移动；

第三，因为有对仗的关系，词性互相衬托，极便于运用变性的词，所以有些诗人就借这种关系来制造"警句"。

书中"原则上撇开诗与散文共同的语法不谈"，分二十三个项目，分别指出近体诗的语法上的各种特征：一、词的变性；二、倒装法；三、省略法；四、譬喻法；五、关系语；六、判断句和描写句；七、递系式；八、使成式；九、处置式；十、被动式；十一、按断式；十二、申说式；十三、原因式；十四、时间修饰；十五、条件式；十六、容许式（又称让步式）；十七、句子转成名词语；十八、名词语；十九、其他的特殊语法；二十、诗中的虚字；二十一、十字句和十四字句；二十二、凑韵；二十三、倒字。

这些分析表明，在五七言律诗中诸多的语法上的变化，也许最初是由于字数、韵脚和对仗的关系不得不尔，但是在一代又一代诗人手里，已经把这种被动局面下的穷则思变，转化为积极主动的修辞手段了；这不能不说是从限制中求自由的创造。

在新诗——我这里指的是现代汉语的自由体诗的创作中，如何借鉴这方面的经验，又要大胆，又要谨慎，而无论大胆和谨慎，都应以尽可能从旧体诗的全局着眼，力争熟悉，力争消化而不是生吞活剥；同时要从生活出发，从现代语言习惯出发，从更好地表现诗的艺术内容出发，并注意到群众的语言习惯和欣赏习惯。前几年有的评论文章笼统地提倡诗的语言突破语法的限制，对常例和变例不加区别，我以为不足取；但是在这样的意见中，也包含着要求诗的语言区别于散文语言，力避诗与散文混同起来的合理成分。

诗混同于散文，特别是混同于平庸的以至低劣的散文，即我们通常所说的散文化，有多方面的原因，尤其是属于艺术感觉方面的更深刻的原因；首先并不在于采用了日常的散文式的语言习惯，即散文的句式、散文的语法。这是一个综合征，救治之道要综合治理，不是简单从语言上所能解决的，更不是笼统地突破语法规范所能解决的。

散文美不失为一种艺术的追求。虽然对这个概念还缺乏建立在充分实践基础上的科学的概括和准确的规定。然而我以为句式的多样和语法的变通，并不一定通向格律诗，并不一定损害诗的语言以口语为基础的特色，运用得好，也会使"散文美"得到增益而不是减弱。当然，这都有赖于通过诗人们的成功和失败的实践，来做出总结。

几年以前，一位我所尊敬的老作家写信对我说，他觉得近年许多新诗似还不若二十世纪三十年代某些散文"见诗意"。而早在三十年代刘西渭（李健吾）在《咀华集》里就说过，一篇散文含有诗意会是美丽，而一首诗含有散文的成分，往往表示软弱。我以为，关键还是要弄清诗的特征和散文的特征，弄清诗与非诗的区别。

诗中的连词

有时看到一些青年作者的诗里，有许多"于是""因为""然而""但是"，常常不免感到吃力。

诗不排斥逻辑思维，但是不能以逻辑思维的本来形式出现。诗中可以表现因果关系，但是要同一般的论证有所区别。诗思与诗情的层次，一般说来是依靠诗的形象意境体现出来的。诗有诗的构思特点，也有诗的语言特点；每篇之内，段落之间，句子之间，一句里面的语法成分之间，不必要地使用"因为""但是"一类连词，总会给人脱胎未净之感。当然，散文化不仅仅是用词问题，而首先是构思问题。

我想，就是在以论辩为特色的政论诗或政治抒情诗里，也不可滥用连词——虚词的。

我想起一首旧日的讽刺诗："吾人从事于斯途，岂可苟焉而已乎？然而甚未易为也，学者其知所勉夫！"这就是讽刺押韵的散文的。而近体诗里尤其最忌这一类词语，所谓诗味全无者是。

特殊词序

王锳《诗词曲的特殊词序》（《文史知识》一九八一年第六期），从普及的角度，说到旧诗词中这个关系到句式和语法的特殊词序问题，"它们不仅与现代汉语的表达习惯不同，而且与当时散文的词序安排也有区别"。

论者分类举例：

一、主语和宾语的位置

1.主语后置

晴川历历汉阳树，芳草萋萋鹦鹉洲。（晴川汉阳树历历，鹦鹉洲芳草萋萋。）

底事昆仑倾砥柱。九地黄流乱注，聚万落千村狐兔。（狐兔聚千村万落。）

2.宾语前置

香雾云鬟湿，清辉玉臂寒。（香雾湿云鬟，清辉寒玉臂。）〔香雾使云鬟湿，清辉使玉臂寒。〕

把酒长亭说。看渊明、风流酷似，卧龙诸葛。（看风流酷似渊明、卧龙诸葛。）

竹怜新雨后，山爱夕阳时。（怜新雨后之竹，爱夕阳时之山。）

长安回望绣成堆，山顶千门次第开。（回望长安。）

3.主、宾换位

墐户催寒候，丛祠祷岁穰。（寒候催墐〔用泥涂塞〕户。）

秋色渐将晚，霜信报黄花。（黄花报霜信。）

姊妹兄弟皆列土，可怜光彩生门户。（可怜门户生光彩。）〔可怜光彩生于门户。〕

林暗草惊风，将军夜引弓。（林暗风惊草。）〔林暗草惊于风。林暗草为风所惊。〕

二、定语的位置

1.定语挪前

青海长云暗雪山，孤城遥望玉门关。（遥望孤城——玉门关。）

紫收岷岭芋，白种陆池莲。（收岷岭紫芋，种陆池白莲。）

横笛闻声不见人，红旗直上天山雪。（闻横笛声。）

香生帐里雾，书积枕边山。（帐里生香雾，枕边积书山。）

2.定语挪后

我欲因之梦吴越，一夜飞度镜湖月。（一月夜飞度镜湖。）〔一夜飞渡于镜湖月色之中。〕

色侵书帙晚，阴过酒樽凉。（晚色侵〔映照〕书帙，凉阴过酒樽。）

晓看红湿处，花重锦官城。（锦官城花重。）

3.定语与中心语互换位置

江山故国近，风物饶阳美。（故国江山近，饶阳风物美。）〔见江山知故国已近，数风物以饶阳为美。〕

径行桥独木，伫立路三叉。（独木桥，三叉路。）

步翠麓崎岖，泛溪窈窕，涓涓暗谷流春水。（步崎岖之翠麓，泛窈窕之溪。）

三、状语的位置

1.状语挪前

六军不发无奈何，宛转蛾眉马前死。（蛾眉〔在〕马前宛转〔而〕死。）

算只有殷勤，画檐蛛网，尽日惹飞絮。（画檐蛛网，尽日殷勤惹飞絮。）

身经百战曾百胜，壮心竟未嫖姚知。（壮心嫖姚竟未

知。）〔壮心竟未为嫖姚所知。〕

2.状语挪后

夜寒衣湿披短蓑，臁穿足裂忍痛何！（臁穿足裂何〔怎能〕忍痛。）

登高临远虽多感，叹老嗟卑却未曾。（却未曾叹老嗟卑。）

长安故人问我，道愁肠殢酒只依然。（只依然寻常〔常常〕泥酒。）

3.以宾语面貌出现的状语

织女机丝虚夜月，石鲸鳞甲动秋风。（石鲸鳞甲动于秋风之中。）

人面不知何处去，桃花依旧笑春风。（桃花依旧笑于春风之中。）

千家山郭静朝晖，日日江楼坐翠微。（朝晖中静。翠微中坐。）

永忆江湖归白发，欲回天地入扁舟。（归于白发之时。）

四、谓语的位置

碧知湖外草，红见海东云。（知湖外草碧，见海东云红。）

故国神游，多情应笑我，早生华发。（应笑我多情。）

论者指出诗词曲中特殊词序的出现，不外乎由于声律的要求，或修辞上的特殊需要，更往往是兼而有之。文中说诗词曲的词序灵活多变，提到启功先生曾以王维《使至塞上》诗中"长河落日圆"句为例，说明可以变出"河长日落圆""圆日落长河"等十种句式；即便有些句式不能单独成立，但一配上适当的上下文，仍可起死回生云。启功文《古代诗歌、骈文的语法问题》，载《北京师范大学学报·社科版》一九八〇年第一期，待觅来一读。

林徽因《一串疯话》

林徽因这位女诗人，二十世纪五十年代后就不见有诗发表，因此她在一九四八年初发表的就可算是晚期作品了。

《年青的歌》之二《一串疯话》，只有八句，是一首感情很浓烈、意象很鲜明的爱情诗：

> 好比这树丁香，几枝山红杏，
> 相信我的心里留着有一串话，
> 绕着许多叶子，青青的沉静，
> 风露日夜，只盼五月来开开花！

一诗一世界：邵燕祥谈新诗

> 如果你是五月，八百里为我吹开
>
> 蓝空上霞采，那样子来了春天，
>
> 忘掉腼腆，我定要转过脸来，
>
> 把一串疯话全说在你的面前。

诗行顿数大体整齐（可以视为每行五顿；有的也可作四顿、六顿），脚韵ABAB、CDCD；也许跟押韵的要求有关吧，但恐怕更多是出于修辞和表达上的需要，没有遵守通常的语序。

试用一般散文的语序，并补足略去的引申义，这"一串疯话"串起来大体是这样的：

> （请你相信，或我相信）我的心里留着有一串话，（它）好比这树丁香，几枝山红杏，绕着许多青青的沉静的叶子，（度过许多）风露日夜，只盼五月来开开花。（我心里这一串话，也经过许多风露日夜，总埋在树叶那样一片青青的沉静里，像丁香、红杏盼五月才开花一样，我要盼到我的"五月"才把它说出来。）
>
> 如果你是（我所盼的）五月，为我吹开八百里蓝空上的霞彩，那样子（我相信真的）来了春天，（那时候我就

要像丁香、山红杏盼到了五月，盛开了繁花一样，）我定要转过脸来，忘掉腼腆，把一串疯话全说在你的面前。

跟我的串讲对照起来，就可以看出原作精炼含蓄，错落有致，由于句法上大拆大卸（如主语省略、谓语前置、倒装等），语势和情绪上起伏回转，短短八行形成一个之字形的开合；更特别符合"一串疯话"的题意，显得心绪缭乱，急不择言似的。

在旧诗词里，语序的颠倒人们习以为常，在新诗里人们则还不习惯，也许会被目为"疯话"，林徽因在《一串疯话》里做了个聪明的尝试，这个尝试是成功的，那也正因为她在形式上所做的变化恰恰适于表现相应的内容。

关于今人写旧体诗

偶读南京市《创作新稿》，有署名万放的一首七言绝句《过绍兴》：

> 白发催人作远游，绍兴酒肆一忘忧。
> 羞经土谷祠前路，径上秋风秋雨楼。

愚按："绍兴酒肆"如作"咸亨酒肆"，似更切。作者不是名人，诗却并不在某些名人的应酬之作以下。

旧体诗重辞章，讲韵味。古近各体，体式不同，格律不同，因之在选材立意谋篇遣词上也各异其趣。今人既写旧体诗，也总要绝句像绝句、律诗像律诗、歌行像歌行才好。把乐府古题写得像竹枝词，就不伦不类了。

今人写旧体诗所以异于古人，要在新意充沛，自然不必像黄遵宪那样故意以电灯、轮船入诗（就是新诗里故意写进什么"遗传因子""定格"等等，也令人有不堪卒读之感）。聂绀弩的诗，好就好在为旧体诗开辟了新天地，举凡当代的史实人事风物情思，尽是未经人道者，造语则奇崛高古，韵味盎然。一是诗，而非非诗；二是道地的旧体诗，而非"树小、房新、画不古"，附庸风雅的冒牌货。犹如京剧经过改革，演现代题材也好，新编历史题材也好，都还要姓"京"，不然不如索性改称某种新式歌舞剧。如果标榜诗词，却硬要无视多少年来由创作实践和欣赏习惯所形成的形式和格律，平仄不叶，文俚夹生，自命"发展"以文饰不通，侈谈雅俗共赏而味同嚼蜡，那就正像马南邨即邓拓当年所说，又何必写明调寄"满江红"，径自改题"满江黑"或"满江什么"就是了。

有些同志反对写新诗的人写旧体诗，目为投降。我以为不必这么绝对；只要写的是诗，而且是表现了当代性，又有作者个人风格的诗，那么，新诗固好，旧体诗也应该欢迎。应该反对的只是那些兴寄浅薄，笔调粗陋，以至根本不是诗的东西。写新诗的人固然不该写那样的所谓旧体诗，也不应该写那样的所谓新诗。专写旧体诗的人当然也是一样。否则对读者和作者自己都是一种浪费。一句话，有志于诗者，不要向非诗投降。

不过我倒有一个可能被认为绝对化的意见，即倘写新诗，就该是真正的新诗，以现代汉语为基础的、摆脱了一切既有格律的自由体新诗；倘写旧体诗，就该是真正的旧体诗，认真遵守在古代汉语基础上形成的相当完备精严的格律，以及有关的规范；怕的是新体诗不"新"，旧体诗不"旧"，那就两无可观了。

有些同志惊呼旧体诗泛滥，其实如果确是好诗，一百首一千首也不算多，如果不是好诗，有如抄自村学究《诗学大全》，或只是《汤头歌诀》变种，则哪怕只有一只老鼠，也会败坏一锅汤。现在报刊上时见的旧体诗中，除了这种令人倒胃口的篇什以外，虽不乏佳作，但也确实存在不能令人满意的现象，主要似乎是对旧体诗根底较深的作者，或因年事较高，或因深居简出，所作内容往往缺少生活气息、时代特点，病在太似古人；而某些力图表现新生活新感情的作品又往往功力不

一诗一世界：邵燕祥谈新诗

逮，望之不似。"这种体裁束缚思想，又不易学"，信是经验之谈。

篇首所引《过绍兴》诗，似在怀旧，实亦出新；新在以阿Q与秋瑾对举，发人深思，并不在于用了土谷祠这个新典故。属对自然，意在言外，值得一读。由此联想到有关今人作旧体诗问题，拉杂写来，没有说这首七绝就是典范之作的意思。

今人写旧体诗

今人写古近体诗，或辞采不足，或韵律不叶，就容易沦为顺口溜，或半文半白，不新不旧，非驴非马。

当然也有不少佳作。尝见一首七律的中间两联：

> 一身征梦依残垒，半枕斜阳接暮天。
>
> 久擦枪膛钢色碧，新扎绷带血痕鲜。

辞采斐然，韵律铿锵，写游击生活如画，发人之所未发。这样的诗多读一些不伤胃口。

二十多年前在友人少若处所见，闻为张季纯同志作，咏东北抗日联军生活，似未曾发表过。

董鲁安《游击草》

董鲁安，又名于力（一八九六——一九五三），在旧体诗集《游击草》编定附记中写道：

> 右古近体诗都百七十七首，一九四三年九月反"扫荡"行军中作。迄战役结束，约得诗二百余事：或一日数首，或阅日一首，举凡穷山绝谷、荒渚幽溪，涉历险夷、拒守进退，与夫百余日间劳佚戚愉之情态，随兴抒写，胥收此间。每一诗成，辄以铅笔草手册短纸上，纳入饭袋中，与匕、箸、足衣厝置，未忍遽弃也。一九四四年长夏，偶加检视，字画略多模糊，择其尚能存一时活动兴寄者，为排比点定，尚余二百首，粘存一巨册，用遣炎暑。

百余日中，行脚于前代诗人足迹绝未到过的穷乡僻岭，历经前代诗人绝未吟咏过的行军、突围、挨饿种种，写入律绝古风近二百首，于敌后反扫荡战役，乃有诗史价值。杜子美越秦岭巴山入蜀诸诗，不过纪行而已。

对于今人写旧体诗的，这一卷《游击草》有一定的示范意义：写的是今人今事，革命情怀，又是真正的古近体。对于新诗作者的启发应该更多：新诗的体裁和形式，无疑更适于表现当代生活，然而在新诗中，我们有这样近距离地反映重大历史事件的，记事翔实而又情思凝重的长诗或组诗吗？

吴世昌的国难词

这几年诗文中写圆明园的多起来了。以前不多，但不是没有。

吴世昌《罗音室诗词存稿》中有将近半个世纪前所作《金缕曲·答寄四哥武汉用圆明园联句原韵》。联句词云：

> 你看凄凉否，这茫茫芦田一片，荒烟几缕。杰阁琼楼蹂躏尽，零落遗址如旧。依偎着两三残柳。剩有西山愁黛在，算多情靉损蛾眉皱。黄叶尽，白杨瘦。
>
> 何须更说心伤透，只那边赭墙半截，销魂已够。碎瓦琉璃堆彩砾，铺作地衣似绣。长埋却歌唇舞袖。荆棘频牵游客袂，问当年朱毂可还有。兴亡恨，堪回首。

步韵不是写圆明园，但写出了何梅媾约、团城迁佛时的忧国情绪，大有《桃花扇·秣陵秋》之慨：

> 此意兄知否，自重阳、孤怀寥落，倦歌金缕。故国登临长啸客，纵目关山非旧。渐凋尽、御沟枯柳。闻道团城移玉佛，想而今、佛也眉儿皱。谁怨得，黄花瘦。
>
> 倾城消息今初透，又无非、和亲策妙，岁金输够。叔侄君臣前日事，此日舆图换绣。费几度、新亭沾袖。书卷生涯兄莫问，算书生、到此真何有。南去雁，频回首。

吴世昌集中，最可读的无疑是二十世纪三十年代从"九一八"至卢沟桥事变前后，反映了"燕巢危幕，鼎沸神州"情景的诸篇。这是能够窥见诗人感情以至当时一代人心境的历史记载，试举数首如下：

《古城二首》

见惯狂胡绝路尘，何须荆棘始伤神。古城风雪遮天日，争学琵琶事贵人。

寂寞何人问古城，衣冠络绎走新京。武皇帷幄三千策，只有和亲是上乘。

《忆秦娥》

秋光老，悲秋未足伤怀抱。伤怀抱，百年魔舞，夜长难晓。

游人尽说江南好，哀兵却忆辽东道。辽东道，千山胡马，一轮残照。

《减字木兰花·为燕京大学学生抗日会至长城各口劳军归途作此》

文章误我，赤手书生无一可。我负文章，只向高城赋国殇。

江山如画，到处雄关堪驻马。水剩山残，任是英雄泪不干。

《满庭芳·二十五年春经南京作》

玉树声消，台城烟散，绿杨还映朱楼。旧时王谢归燕，觅新俦。楼外哀鸿残切，未吹到歌舞楼头。偏安久，辽阳信断，情味似杭州。

悠悠，休更说南朝旷达，东晋风流。但秦淮吞恨，锺阜凝愁。妆点生平景色，有娇客陌上春游。凭谁问、河山万里，几处缺金瓯。

《鹧鸪天·平津沦陷后车站所见》

谋国年年说帝秦，芦沟战起尚和亲。北门锁钥今何在，南去衣冠委路尘。

排队久，点行频，都无片语话酸辛。谁知送往迎来客，几度生离死别人。

联 想

抗日之军昔北去，大旱云霓望如何。

黄山自古云成海，从此云天雨也多。

写黄山的诗读过不少，这首诗印象独深。我所见刘伯承同志诗不多，这首诗将帅气概，已足千古。

黄山云海，人人所知，人人所见，诗人只是把它与"大旱之望云霓"联系起来，却表现了当年江南人民群众对新四军健儿的热爱，对党所领导的人民军队"沛然而降甘霖"的翘望和歌颂。

之所以触发这样的联想，固然由于作者熟知这个成语，更是由于诗人有博大的胸襟。古与今，自然与社会，军队与人民，尽在包容之内，研思缅想，"从此云天雨也多"，就如水到渠成，不可移易。没有这样的胸襟，再烂熟多少典故，也只是在故纸堆中翻筋斗，结不出如此的联想的果实。联想的生发和方向，是由审美主体的思想、感情、阅历所决定的。

从结构看，第一句"抗日之军昔北去"，从江南人民武装岩寺会师北上的历史着笔，渐行渐远渐隐；第二句"大旱云霓望如何"，从人民群众渴求解放于倒悬之中着笔，把目光注向远方，注向天空；第三句"黄山自古云成海"，云海自古有之，自古二字，把千百年来在大旱中望云霓的愿望轻轻结住；第四句"从此云天雨也多"，实写的滔滔云海化为象征的甘霖，透过烟雨迷蒙，地上的抗日之军也就化为行云行雨的蛟龙了。

刘伯承同志游黄山赠诸友的这首诗，写于二十世纪五十年代中期，在黄山印成手迹图片，但似未见在报刊正式发表。

祖母闻铃

"祖母闻铃心始欢，也曾总角牧牛还。"这是齐白石回忆幼年放牛，祖母倚门望归，系之以铃，闻铃相迎的名句。

如果这首绝句改用平起，重新安排一下，写作"也曾总角牧牛还，祖母闻铃心始欢"，效果怎么样？

大不如前。

"祖母闻铃心始欢"，祖母的形象饱蕴着亲情，又非静写，而是动态，一切由闻铃引起；循声望去，孙儿骑在牛背上回来了。

而后者呢，"也曾总角牧牛还"变成了一个简单交代时间、地点、事件背景的平淡的叙述句，"祖母闻铃心始欢"也随之失色。

玩味这一差别，不只可以知平铺直叙之病，而且可以窥见什么叫诗的感觉，怎样在生活的散文里发现诗，怎样从生活的散文里提炼诗，甚至把散文变成诗，并且怎样在笔下重现这一诗的视觉和听觉形象，使读者如闻如见，从而体验诗人所曾体验过、又要诉诸读者的感情。

千树桃花

一九六二年三月，院里桃花含笑。一夜梦中得句："千树桃花一日开"，醒来足成一绝句。

没过几天，打开《光明日报》，钱昌照短诗数首，赫然在目有一句："千树桃花今日开"。

没有互通情报，然则心有灵犀。仔细一想，也没什么奇怪。"玄都观里桃千树""东风夜放花千树"，千树桃、千树花，自是寻常风光，习惯句法，至于"今日开""一日开"，更有谁人道不得？

偶曾翻看孔尚任《稗畦集》，见有"斑竹一枝千滴泪"，记得《七律·赠友人》中也有这样一句。不知道是今人借用古人成句，还是古人先得今人之心。再一细想，这个舜女洒泪染成斑竹的故事流传了一两千年，稍加变化入诗，本来是人人可得而为之的。

旧体诗在有限的篇幅中，能容大手笔出神入化，吟安几个字，顿使风雨满篇。不过常用的句式经过抽绎归纳，毕竟有例可循。不然又怎么能从一个作者或不同作者的诗中集句，作成工整的对仗呢？

格律有定而诗思无定，运用之妙各见擅场。聂绀弩的格律诗的贡献，就在于旷世情怀，造化为师，不是俯首矮檐，而是排闼出入，激昂潇洒，触处成诗，语语创新，又无不中律。这样的诗，只此一家，唯斯人能作斯语，不会雷同，不会撞车。

第二编

彼岸他山

读《苏武牧羊》

台湾在开放回返大陆探亲以后，出现了一首诗，题为《苏武牧羊》：

放羊的故事

从一九四九年开始

什么时候结束

一九四九年开始

到远方放羊

后来苏武独自走了

丢下吃草的羊群

放羊的孩子两鬓霜白

遗失在羊群里

羊在台东

羊在台南

羊在台西

羊在台北

一九四九年，雪地又冰天

小小羊儿要回家

一九八七年，春暖又花开

老羊仍要回家

（心存汉社稷

梦想旧家山）

脚要回家

眼要回家

心要回家

梦要回家

七八十岁一条命要回家啊

啊，羊要回山东

羊要回山西

羊要回河南

一诗一世界：邵燕祥谈新诗

羊要回河北

　　如果不知道苏武牧羊的故事，读这首诗自隔着一层；如果固执苏武牧羊的故事，却又会是胶柱鼓瑟。

　　因为这是写诗，不是写史，不是写苏武牧羊的史；又是写史，是写一九四九至一九八七年的历史。一九四九年的苏武自然不是牧羊北海边的苏武，然而这苏武是谁？却不必据名核实，过于认真。"雪地又冰天"里有苏武牧羊，并没有另一个牧羊的孩子。啊！历史上的苏武在异乡曾娶妻生子，但那是另一回事了。

　　苏武牧羊是比，更是兴，比而兴也，这符号生发出一幅画，蕴含着一段情，故国之思，家山之梦，要托鸿雁传递的"两地谁梦谁"的怀想。

　　我是远在读懂《史记》中的列传之前，就从《苏武牧羊》的歌曲知道了那段故事的。据悉，此曲与"怒发冲冠"的一曲《满江红》同为民国初年北京一位小学教师所谱。大陆四十岁以下的人大半已不会唱，他们在少年时甚至不知苏武为何许人了。但我们四五十岁以上的几代人，或深或浅从这支歌里咀嚼过苏武的悲凉，悲凉中的期待。这首诗虽写的是发生在台湾岛上的一种历史潮流的情绪和一种情绪的历史，我们读起来并无障碍。

　　苏武可悲，放羊的孩子可悲，散落在远方的、被丢下吃草的群羊更可悲。"羊在台东，羊在台南，羊在台西，羊在台北"，"啊，羊要回山东，羊要回山西，羊要回河南，羊要回河北"，句式依稀，但这只能想到到风吹草低，而不是采莲江南！

　　关山难越，谁悲失路之人，再加上岁月的迁流，音尘的阻隔，就该是两倍、三倍的乡愁了。大陆近年传诵着于右任晚年的诗，"葬我于高山"，以望那望不见的家山，这是老一代了。至于"放羊的孩子两鬓斑白""七八十岁一条命要回家"，让人想见"去时冠剑是丁年"，岂能没有沧桑之感？诗中说梦想旧家山，家山对羊群来说，是曾经吃草的地方，对人来说，是襁褓，是摇篮，保存着童年以至青年的一切温馨或辛酸。

　　这首诗没有一句故作惊人之语，没有安置一个惊叹号，而看似平淡的口吻，简短的句式和灵快的节奏，传出的是一派狐死首丘之情，去国怀乡之痛。但这作者，也许既非放羊的孩子亦非羊，这毫不妨碍他也许还有助于他旁观者清，深深地体会并表现那种迷惘中的执着，绝望中的希望。诗到痛时无比兴，若是个中人，也许只能发出"七八十岁一条命要回家"的绝叫

　　　　　　　　　　　　　　一诗一世界：邵燕祥谈新诗

了吧。

成千上万山东山西河南河北人，从一九四九年起之离乡背井，流荡于台东台西台南台北，确形同一次遥遥无期的流放。不管每个人情况如何，这都是各种历史原因所造成，又是无可更改的历史。近四十年过去，小草恋山，野人怀土，俱属人情之常；这些满怀人之常情的普通人，在大陆人看来都是同胞同乡，而不是羊，更不是狼，他们心目中于大陆上人，自然也当以同胞同乡视之，既不是张牙舞爪的狼，也不是任人驱使的羊了。

这首诗不是故事新编，而是托古人之名，写今人之事，借旧酒杯，浇新块垒。作者署名江山之助，刊于高雄一家报纸上。香港《文学世界》（犁青主编）创刊号选入"台湾诗人一百〇五人"一辑中。

一九八八年一月九日于佛山

酿酒的石头

洛夫的诗多矣，单选取这一首来谈，并不是因为正当台湾开放回大陆探亲之际，看中了这位湘籍诗人这首诗里的那点乡土气，那点缅怀童年的乡情。如果要赶这个时髦，满好选洛夫悼念母亲的四百行长诗《血的再版》，那篇力作倾吐了分离三十多年后终成永诀、欲哭无从的风木之悲，使我们分明感到超越意识形态的亲子之情，那是一个为人子者的至情至性。

谈《酿酒的石头》，首先因为它短，可以全文照录，也因为诗人自己对它不无偏爱吧，以篇名作了他一九八三年诗集的书名。诗云：

> 冬夜
>
> 偷偷埋下一块石头
>
> 你说开了春

就会酿出酒来

那一年

差不多麦田都没有怀孕

用雪堆积的童年

化得多么快啊

所幸我仍是

你手中握得发热的

一块石头

　　"那一年"是哪一年？洛夫生于一九二八年，十四岁以前在湘南家乡农村，所说大约在二十世纪三十年代后期到四十年代初，也许艾青正走过湘南，面对着"田亩已荒芜了"，痛感到"在无止的穷困与饥寒前面／等待着的是灾难、疾病与死亡"（《旷野》）。我知道没几年以后洛夫离开大陆时行囊里带着一本艾青的诗集，我不能禁止自己产生这样的联想，虽然这与洛夫此诗无关。

　　说别人的诗，是费力不讨好的事，正如说自己的诗是多余的，然而洛夫于此诗有几句类乎"本事"的说明，不失为对读者并不多余，而是有用的钥匙，也使我得以偷巧，并免受瞎猜之讥。他说：

> 这个诗题另有出处。童年时代，小脑袋中装满了神奇的幻想，当时乡野相传，把南瓜埋在沙土中可以酿出酒来。我与弟弟们就如法炮制，三天后挖出一看，南瓜竟变成了一块大石头，事后才知道这是邻居小孩的恶作剧，也是对我们偷摘他家的南瓜所施的报复。《酿酒的石头》这首小诗，就是由这个故事变化而来。往事历历，童年不再，而这个美丽而荒唐的童话却成了我对故乡永恒的怀念。（诗集《酿酒的石头·后记》）

三十年前读苏联评论家多宾《论情节的典型化与提炼》系列文章，喜其无教条气，在当时极其难得地全从实际史料出发，根据几位大家的创作原型，扎扎实实分析其艺术典型的塑造，使读者略窥文学创作的堂奥。很可惜少见对诗的成篇提供构思根据的线索。

我以为洛夫此诗和这段说明，是诗歌方面的一个好例。像这样的实例不仅研究创作心理学的学者会感兴趣，同行们更可以有会于心。

诗里写的似乎还有"本事"的影子，却已经不是那件旧事的简单的复述了。如果说诗人从童年的回忆触发而成这首诗，他压根儿就把南瓜"改造"成石头；在稻田歉收的年月，寄希望于埋下石头酿出酒来的虚妄，不是注定幻灭的悲哀么？此意不必诗人下笔时所必然，却是读者展卷时所可有；意蕴在有无之间，不过是一层铺垫，触发读者想象后却又归结到往事如烟，岁月如冰化雪消，一切了无痕迹，有迹可求者，"所幸我仍是……一块石头"而已。早在二十世纪七十年代，洛夫《巨石之变》中就以巨石自况；他自喻为石头，已经不是第一次了，"所幸"云云，依然故我之意也。就诗论诗，至此已经完成；至于这是一块什么样的石头，那是知人论世的研究家的事情；对于一首抒情小诗的读者，乃是并不重要的题外话了，《全唐诗》的读者们，读诗罢了，谁去管那两千二百多位诗人的行藏呢？

值得探索的，是从洛夫所讲的那个小小故事怎样变化成《酿酒的石头》这首诗。这个"诗的"创造过程，我以为正是前人比喻过的酿米为酒的过程。清代诗话中有吴修龄论诗云："意喻之米，文则炊而为饭，诗则酿而为酒。饭不变米形，酒则变尽。啖饭则饱，饮酒则醉，醉则忧者以乐，喜者以悲，有不知其所以然者。""南瓜变石头"的记忆，经四十余年而变为酒，原来的米形已经脱尽，应该归功于作为酿造者的诗人，他能得其意而忘其形，不过酿造的用心或亦在有意无意之间耳。

然而，这是就一首诗的酿造而言。就总体看来，精于感性的直觉综合的洛夫，在诗艺上是有其对"形象第一，意境至上"的自觉追求的。他在一九八七年末发表的《谈诗小札》中说：

> 上帝为我们造了这个世界，诗人则造了另一个更神奇的世界。
>
> 小诗易写而难精。……一首小诗须有一个内境与外景交融的世界，也就是以心象（vision）与语言形式所结合的意象世界，而这种结合，必须绝对精确，方能一举中的。
>
> 诗的最佳表达，须能做到使实际人生中的时空事物，与作者内心感受或观照的时空事物，以及作品内部重新创现的时空事物，三者契合为一。（《创世纪》七十二期）

拿《酿酒的石头》跟这几则小札互相参照印证，我们可以对这些创作主张理解得较为深切，而对那首诗，则可以于"有不知其所以然者"中间多少"知其所以然"了。

一九八八年二月二十三日

楚戈的诗与画

诗画俱佳，装帧也好，近方形的二十四开本，共选诗和散文诗六十四首，画五十八幅，其中含铜版纸精印彩色画及墨迹稿各十五篇：这是十八岁当二等兵、三十岁以上士退伍的台湾诗人楚戈的诗画集《散步的山峦》。"纯文学丛书"之一，丛书主编便是大陆读者和观众所熟悉的《城南旧事》著者林海音。

诗画兼擅，使我想起黄永玉。曾经置身行伍，二十多年来则在台北故宫博物院潜心于古器物研究，又使我想起沈从文。一部分画的笔触和题签使我想起丰子恺……自然，楚戈就是楚戈。只是从毛笔书法看，他该学过郑板桥，我想我猜得大致不错。

可惜读者不能跟我一起遍赏这些诗画和墨迹。让我转述一段真实的故事：有一天下着倾盆大雨，上士袁德星和庞少校在走廊上相遇，对面楼窗敞开，窗槛上放着个蓝墨水瓶："袁上士，把那蓝墨水瓶放进去一点。"上士不动声色地走进雨里，举起那墨水瓶，站在瀑布般的屋檐水下面，慢吞吞地问："你是说这个墨水瓶吗？""是的。"上士仍然不动，人和墨水瓶都被雨淋着："是拿给少校呢，还是放到桌子上去？""放到桌子上好了。"上士慢条斯理地说："那怎么行，报告少校，雨会飘进房间呀。""那随便好了。"少校说完就气冲冲地走了。

"我那样任大雨淋着，也只不过是提醒少校对人应有最低的尊重。"这个袁上士即诗人楚戈后来回忆说，"权力这玩意，除非是智者，很容易使人以为'有权'就等于'有理'。作为军中的士兵阶级……我们只有用间接的方式，来表示我们的不平与抗议。"

于是，后来我们看到了散文诗《梅雨季节》：

梅雨季节，困在山居的斗室里，想着街道上盛开的伞花，就想自己已比寻找杏花村的那人要幸福多了。

然而，从窗子外看到一只呆立在雨中的鸡，任性地让雨淋着，不肯走进屋檐下面去晾干它自己。因为灰着的天空是没有爱的脸，说大不大说小不小的雨，是没完没了的怨，唠叨的檐滴，纵容着霉菌在暗中蔓延，而春天，春天早已失色。

　　那只任性的鸡，不肯跨一步走入没有雨的屋檐，不知是不是故意任雨淋着，用呆立来向世界抗议。

像这样寄抗议于微讽甚至自嘲，也许正是历经困蹇挣扎终于对人生持与世无争态度的诗人的温和性格吧？

　　然而我们还看到诗人"在如此不合时宜的季节／我以颠倒的形象来抗议"；他写"人用双脚行走，兽用四足行走，……历史用过去行走，伟大用欺骗行走"；他写"每一个世纪／都有呐喊真理的强盗"，但永恒，则"让多少伟大化为笑柄"；他写"他娘的教堂总建在妓女户的对面／花柳科的招牌和'神爱世人'分庭抗礼"，由愤懑转为绝望与虚无，"难道不能做梦吗／且用欺蒙滋补德行／用微笑洗涤伤口／用喧哗保持冷静"，曾经"最爱做梦"的诗人，竟写出"你惊动的并非睡眠／而是一种／醒"，这种清醒和冷静也许比喧哗的抗议更有力量。

　　在楚戈看来，诗是自然感叹的符号。他从三只鹭立在木桩上看到天地的一角变成了诗，他想象"独坐溪旁的我"在别人一瞥中"便成为山水的点景"，他在静观中发现"望之俨然的山也是如此多情"；然而我偏更多地看到楚戈的诗是人生感喟的符号：且不说那抒写"纯净而庄严"的怀乡病的篇章，也不说那"失去航道的水手 / 不笑何为"注解了无可奈何的旷达，单是写那全身煮得稀烂的鳝鱼头从热汤里电射而出，"死命地咬住那饕餮者的食指"，寥寥数笔，饱含着多少社会人生的底蕴。

这一秒钟里，我悟到楚戈散文诗《山的变奏》透露的禅机：他何以用那么妩媚的诗笔和画笔，写了那么多山的静态和动态，并把自己的集子命名《散步的山峦》。

> 山原来没有名字，山最初并不是什么山。现在看来像是静止的山，其实都曾经激情地奔腾过。后来了解了什么叫作爱以后，就换成了走势。缓慢的走势使我们体会到，山仍有它长远的意欲。
>
> 因为山的内心是充满炽热的，这使得诗人能和山一起进入到相看两不厌的程度；使得风水先生以为那炽热便是龙脉。在忘神的那一个顷刻，我入定了一秒钟，看到了山晃动了那么一下，那是山的变奏。

一九八八年二月二十四日

一诗一世界：邵燕祥谈新诗

蒋勋的笔

蒋勋，一九四七年生，是一位极有潜力的台湾诗人，他有一首短短四行的诗《笔》：

好像是我新长出的一根手指
所以我总觉得
你应该流出红色的血液
而不是这黑色的墨汁

蒋勋受过良好的高等教育，现在讲授美学和艺术史，对艺术的各个门类多所涉猎。他以写诗为余事：显然曾做技巧的练习，作品里却看不出文字游戏的味道。

蒋勋喜欢李白和辛弃疾，这两位以生命为诗的诗人诗作，震撼着千载以后的蒋勋，并在他的诗里找到回声。他倾心于李白"天子呼来不上船"和"安能摧眉折腰事权贵"的风骨：

> 你看不惯那些人
>
> 因为他们不大声说话
>
> 你看不惯那些人
>
> 因为他们站不直腰杆
>
> 你看不惯那些人
>
> 因为他们总躲在阴暗角落
>
> 你看不惯那些人
>
> 因为他们低声俯向皇帝的耳边

　　如果要指出蒋勋以同民族诗歌传统（这是民族文化传统的一部分）的联系这一特色，挺出于二十世纪七十至八十年代台湾诗歌界，那不只是因为他在诗中化入了一些优秀古诗的警句和意境，而且有意致力于借鉴诗歌遗产探索新诗更完美的形式，更是因为他从丰厚的诗歌遗产及其代表人物如李白、辛弃疾身上接受了人格精神的影响。

　　蒋勋一九七七年大醉中写的《酒歌》里，在痛心疾首地"要败坏这城市的道德"之后，仍不忘"和着泪""干尽"这"最后，最光明，最干净，还狂望着理想的一杯"，而在痛醉中醒来后，诗人却从一个渺小者的角度静观万物——

> 以斥责别人为正义
>
> 以讥笑别人为智慧
>
> 以侮辱别人为高贵
>
> 以残害别人为勇敢
>
> 以狂妄自大为信心
>
> （《渺小的好处》）

他面对着充斥于世的"既没有信仰，也不懂忧愁"（《悼席德进》）的众人，清醒地思索生命，思索理想，对那曾以年轻的心态纪念"五四"而终于"在你暗滞的眼中，再找不到理想与热炽"（《致五四》）的友人投以怜悯。

蒋勋不是那种滥情的诗人，也许是因为较深的哲理思考节制了他的抒情，即使在不寐之夜呼唤狂风、厉雨、鸡啼、黎明，我们也感到一种深沉的意蕴而不是浮躁的叫喊。我们在《兴化店游泳》《因为三十岁》和在日本写的一首关于石雕残像的诗里读到的，正是这种对生命的思考，并赋予思辨以感情的力量。如：

即使被打碎了头

即使被打断了手

仍然有一种尊严

不可以被凌辱

　　说的是毫不动容的观世音菩萨，我们的心却被尖锐地刺痛了。

　　蒋勋对生命思考的结论是"用信仰来驱除无望，用爱来补偿孤单"，这两句格言式的诗出于《祝福》，可惜限于篇幅不能具引。

　　这一切终于使诗人的抒情指向化为社会关怀。于是有了像他的名篇《寄李双泽》之作，那些对夜台北的激愤的揭露，和对亡友的不平的呼问："你为什么要死？你为什么不活着？"——蒋勋曾追求直接倾吐真实的情感，以"直追优秀的古诗中许多直向的效果，连口语的句子也不避忌"，然则这两句绝叫堪与"公无渡河"相比了。

　　而当蒋勋把笔转向叙事，从情节中既写人物的也写自己的真实感情的时候，就使诗有了戏剧的效果。如一九七九年写的《刘上尉的婚礼》，四十三岁的老兵来台二十五年后，要同一个潮州女人结婚了，想起离别家乡海南岛时的"新婚别"：

凤英，凤英

那离别的时候

码头多么乱

你把军服哭湿了一大片

你把头发揉乱了

你说：

"如果五年不见

你就再娶吧！"

啊！

年轻的五年

苦熬的五年

寂寞的五年

酗酒的五年

凤英，凤英

如果你不怪我

我要哭湿你的衣裳

我要告诉你这二十五年

这等待的二十五年

这堕落的二十五年

这无望的二十五年

这负心的二十五年

我再娶了，凤英

不是五年

是二十五年

这个潮州的乡下女人

我们要重建一个家

我们要有子女

他们的籍贯是广东还是台湾

都不重要

但是

他们不要像我们

在童年时躲警报

在青年时与爱人别离

在中年时无望堕落

把一生浪费给这没有炮火没有厮杀的战争

　　这独白，这现代的"新乐府"，用最平常的白话讲了一个人又远不止一个人的命运的故事，令人叹息，催人泪下。

大陆出了两本蒋勋的诗选（友谊出版公司和四川文艺出版社），上述的诗都不难看到，我不厌其烦地抄引，是想向读者说明，诗人的一支笔，"流出红色的血液"是一样的，却有几副笔墨，长篇短制叙事抒情，一本真诚，都足动人。

　　我说蒋勋有潜力，而且远未充分发挥，大概因为工作忙，教学研究为主，有时就搁下诗笔。台湾诗人如郑愁予、杨牧、方思等位，好像也都有类似情况。无论在什么地方，平庸之作大批量生产，灵秀之笔默尔而息，都是使人叹惋不已的。

　　　　　　　　　　　　　　　　一九八八年四月十六日

鹦鹉的联想

《鹦鹉》不一定是李魁贤三十多年创作生涯中最好的诗，更不一定是他所属的"笠诗社"同仁中的代表作；然而一读就引起我很多联想。

诗很短，只有十六行：

"主人对我好！"

主人只教我这一句话

"主人对我好！"

我从早到晚学会了这一句话

遇到客人来的时候

我就大声说：

"主人对我好！"

主人高兴了

给我好吃好喝

客人也很高兴

称赞我乖巧

主人有时也会

得意地对我说

"有什么话你尽管说。"

我还是重复着：

"主人对我好！"

联想之一：古有写鹦鹉诗，宫人满腔幽怨，但是"鹦鹉前头不敢言"，怕它学舌，怕它告密。李魁贤写的鹦鹉，只会说一句"主人对我好！"别的全不会说，该教人放心了吧？且慢！这是在"遇到客人来的时候"，当着客人的面"大声说"的；客去之后，主人说"有什么话你尽管说"的时候，这鹦鹉又会小声地"重复"什么，谁能保准呢？

联想之二：七十年前胡适写过一首《老鸦》："我大清早起，／站在人家屋角上哑哑地啼。／人家讨嫌我，说我不吉利：——／我不能呢呢喃喃讨人家的欢喜！""天寒风紧，无枝可栖。／我整日里飞去飞回，整日里又寒又饥。——／我不能带着哨儿，翁翁央央的替人家飞；／也不能叫人家系在竹竿头，赚一把黄小米！"胡适不知道，或者知道而没有写出，光是呢喃软语的燕子，嗡央哨响的鸽子，在主人眼里当然高于不吉利的哑哑啼叫的老鸦，但是更讨主人欢喜的却是鹦鹉受教于主人的一句话，曰："主人对我好！"这也许是七十年后的李魁贤比七十年前胡适的深刻之处吧。

联想之三：李魁贤的诗所以有趣，并不在于或不仅仅在于写了鹦鹉能乖巧地对客大声说"主人对我好！"以及主客都很高兴，酬以"好吃好喝"——这在胡适也点到了，所谓"系在竹竿头，赚一把黄小米"，倡优畜之，赏点残羹剩饭便是；好就好在李魁贤进一步写到，那个主人一方面只教给鹦鹉一句"主人对我好"，一方面有时又得意地对鹦鹉说："有什么话你尽管说"，这能言鸟自然说不出主人没教它的话，然而主人的"姿态"高矣。诗中重复了四次的"主人对我好"固然是点题之笔，画出了为奴的鹦鹉的灵魂，而那句"有什么话你尽管说"，更活画出玩奴仆于股掌之上的主子的得意的嘴脸。

联想之四：希腊当代诗人刘德米斯写过一首百多行的长诗《我很健康》，译文大约刊于一九五八至一九五九年顷的《世界文学》，写的是诗人战后被囚狱中的经历。当时狱规凡在押囚徒可以定期以明信片寄给家人，但只准写"我很健康"。刘德米斯全诗即以不断重复的"我很健康",穿插于对监狱的黑暗、暴行和狱中生活种种惨苦的描绘、控诉之间,这一反讽以其不谐和音突出了诗人内心的矛盾、痛楚和统治者的伪善、愚蠢。我读这首诗时的感受是如同听到了诗人令人毛发悚然的一声声"我很健康"的绝叫的。我从那首诗首先联想到的是里尔克的《虎》。

读《鹦鹉》一诗为什么联想到《我很健康》呢?我想主要是因为"主人对我好"这句话和"我很健康"这句话分别重复多遍的手法相似的缘故。不过,"我很健康"是被囚的诗人不得不说,这句话后面别有心潮澎湃,"主人对我好"则是学舌的鹦鹉实现"好吃好喝就是天堂"的"芝麻开门"式的口令,不可相提并论,也不必强分高低的。在《我很健康》一诗里,诗人自己就是抒情主人公,一而二二而一;而在《鹦鹉》里,分明看到诗人高踞于"主人""客人""鹦鹉"之外的身影了。

联想之五:李魁贤者,台湾海峡彼岸的诗人也;《鹦鹉》者,彼岸的讽刺诗也。但我读后没有陌生感,倒加深了一个印象式观感:正如柏杨的杂文在彼岸并不吃香,在此岸也啧有烦言一样,两岸想必有一些积淀在人们文化心理和社会生活中的共同的东西,其中好的会成为维系民族统一的精神纽带,而也难免有些负面的现象，则可能是同一病源的癞疮疤，应该成为两岸讽刺诗共同的素材。

诗有美刺的功能，尽管诗的"刺"不必全通过我们习惯所称的讽刺诗来实现；也不必管对讽刺诗有多少不同的定义，事实上自可以有各种风格、手法的讽刺诗：反正对人所共见的或习焉不察的虚伪与丑恶，施以或愠怒、或憎厌、或蔑视的针砭和嘲讽，这就是讽刺了。

我又看到海峡两岸一个几乎共同的文学现象，就是讽刺诗全在一个长期间内远不繁荣。我们已经四十年没见像马凡陀山歌中《主人要辞职》《发票贴在印花上》那样的讽刺诗了。与其认为这是该讽刺的现象已经消失的结果，毋宁说这件事本身就该是讽刺诗的对象。

以上是读了台湾李魁贤一首讽刺诗的联想。也只是联想而已。

一九八八年五月三十一日

　　　　　　一诗一世界：邵燕祥谈新诗

《一枚子弹》及其他

　　我曾经说过"诗是青年的事业"，近年来我不断想到这也许只说到事情的一面，应该作些补充以救其偏颇。归根结底，诗是写人生体验的，青年自有青年的体验，而且会敏感而尖新；然而，那辗转于世路崎岖、浮沉于人海漩涡的中年以上者的沧桑之感，恐未必是青春的笔墨所能替代。

　　读向明一九八三至一九八七年近作结集《水的回想》，我又一次这样想。这位诗人生于湖南，多年在台湾，不是生于四川、多年在广东的那一位同名的诗人向明。

　　诗集里或咏物或抒怀，风花雪月、金木水火土，仿佛信手拈来，触处成诗，无雕琢亦无做作，却于平淡见奇崛。《槛内之狮》使我想起大陆牛汉的《华南虎》，后者趾爪破碎凝血，犹作石破天惊的咆哮；前者却沉默而不失威严，也未从不驯变为温顺，诗人感受不同，笔下形象各异，但都移情寄慨，含蕴殊深。又有《屠虎》《风波》，写那"竖冠鼓噪而至"的鸡鸭们，"只需一小撮秕糠／便把那一干鸟嘴／全然／堵住"，愤激傲岸之情溢于言表。据说早年覃子豪先生就曾评说向明的诗深入了现代生活，故对现实的憎恶多于赞美，信然。

一茎白发固然使诗人惊心，《旧军帽》《破军毯》也使从军多年的诗人无限感慨，而围绕战争的题材，尤其可见这位大半生穿着军装的诗人的激情、忧思以至无奈。

如《一枚子弹》：

嵌在两肋之间的那枚子弹

一粒纽扣般，老张贴身带着

从台儿庄带到

独山，都匀

从东山岛，带到

西海岸的海防班哨

从荣退的欢送会

带到这栋公寓的五楼上

不痛也不痒的

日本皇军手植进老张体内的

那枚黄铜子弹

就在心室的左边

被血一养就十五年

每当满街的铃木、丰田嚣张而过

他就狠狠的把它按捺住

生怕那块已经结疤的恨，会引爆成

一颗愤怒的

炸弹

　　此诗成于一九八七年七月，当是纪念抗日有感而发。一个在台儿庄之战受伤老兵的愤懑，似乎不该视为狭隘的民族主义情绪。在大陆连中年以上的过来人也很少见诗中写到抗日战争的了，真是此调不弹久矣，于我不免产生一点震悚。我们这个民族难道真是健忘的民族吗？果然，那就要庆幸还有不健忘的诗人在。

　　诗人的眼光还向着世界。他用被称为"上帝战士"的伊朗幼年兵的口吻写了《上帝战士》，因为报载伊朗征兵年龄已降至十二岁。"现在我们都把名字还给了妈妈／让妈妈去偷弹泪珠／现在我们把妈妈给我们的身体交给真主／妈妈一边痛心还俯地合十／现在我们换了一个新的名字／上帝战士"——诗人交叉地写母别子、子别母：妈妈用发抖的手给孩子系上"立刻进入天堂"的锁片，告诉孩子不要怕，说完就晕过去；而孩子天真地问：圣战是什么？天堂是什么？包头白布上写的"殉道者"又是什么？用散文永远无法转述诗的内容，还是抄下最后一节：

> 他们真好
>
> 不要我们扛枪，拖炮
>
> 只要我们一直向前的疾走，疾跑
>
> 然后，然后在——
>
> 地雷开花的刹那
>
> 还来不及喊一声妈妈的刹那
>
> 我们一个个把世界也不要了
>
> 只让满身淌血的伤口去问
>
> 上帝！难道你
>
> 没有妈妈吗？

这最后的一问，使我们看到夭亡者未瞑的双眼，听到无辜者泣血的控诉，诗人的悲天悯人之心，也怦怦然跃出纸上。

诗人一九八七年五月游马尼拉近郊竖着一万七千个白十字架的美军坟场后，写了《十字花圃》，那"在太平洋上／致敬／

向人类的愚蠢"之句，也是既抒发了对阵亡者的哀思，也寄予着对人类命运的思考。

所有这些诗，多数好像纯用白描，但是使人过目难忘，且耐咀嚼。向明自己说："我年轻时也曾语言纠缠不清过。五十年代新诗论战时，我是被指名道姓为生涩的一个。倒不是觉今是而昨非，而是时间把人的视界扩大，看清了诗的语言越清明，越简练，而仍不失诗趣，是为诗的上乘表达。"这是经验之谈，也是见道之言，"玩"晦涩或力求艰深者也不会否认这是一家之言吧。

一九八八年十二月二日

劣币效应

　　台湾《创世纪》诗杂志创始人之一张默，是诗人，也是选家，除了从一九六四年以来出版诗集、诗评集多种以外，从一九五六年与洛夫合编《中国新诗选辑》到一九八四年与九位诗友合编《创世纪诗选》，他自己或与人合作编选的诗作、诗评选集共达十七种。

　　这里不谈他的诗，只从他去年出版的《小诗选读》的长序中"对今后小诗继续发展下去的可能危机"提出的"五点浅见"，作为他山之石。因他编选过程中读过的十行以内小诗不下千篇，他直率提出的意见，着眼于提高创作质量，防止"劣币驱逐良币"，言之谆谆。我以为他针对的虽是台湾一时的小诗创作，于我们此间也不失为鉴戒。自然不限于写小诗的问题。

　　目前在诗坛风评不错的十行诗，应属小诗之列，对于具有充分约制语言能力的诗作者，当然可以自由地发展，但是一些不明就里的盲从者，也试行写作，这未必是诗坛之幸，弄不好给现代诗又戴上有形的枷锁，使它掉进另一个设计造作的泥淖。

我们这里从来是"鼓励创作"的，直至发展到全民写诗的极端，谁若出来劝阻别人搁笔，岂但不合时宜，而且有"贵族化"的嫌疑。可能是"从众"的老传统，大轰大嗡的新传统，在诗歌创作上也往往难免"一阵风"和"一窝蜂"，加温的对面就成了"泼冷水"。因此像张默这样指出"不明就里的盲从者"的仿作"未必是诗坛之幸"，其清醒难得，诚恳更难得。趋时不等于创新，二十世纪八十年代初期北岛、舒婷一出，颇有些人东施效颦，买椟还珠，使被模仿被标榜者也很不舒服。学皮毛，赶行情，在任何时候任何创作领域都是不足取的，这种心理尤其与诗相扞格，一成风气，必然败坏诗的名声。

某些对小诗创作颇有造诣的诗作者，似乎有必要管制自己的产量，除非有新的创意，否则宁可束之高阁，而不轻易示人，以免劣币驱良币。

直截了当地陈说这样的意见，尽管不点名，也是可贵的风格，我们不闻这样的直言久矣。不是没有议论，不过不见诸文字。只是不久以前，才见个别青年劝告"颇有造诣"的作者节用自己的"劣币"，但仿佛至少被视为偏激。偏激，偏激，多少真理与实话假汝之口以行！

有些诗作者惯于写作长诗，不必附庸风雅，表示自己万能，以凑热闹的心情去写小诗，因而降低小诗的品质。

这一点，张默过迂了。凑热闹者是其表，"行有余力"，挥洒自如，原是从皇帝佬到穷措大，千古风流才子名士派头，岂止小诗又岂止新诗，至于诗的品质高低，何有于我哉！

诗坛目前相当盛行某些专属题材的连作，诸如动植物诗系列、亲情诗系列、乡土诗系列、科幻诗系列、都市诗系列、节庆诗系列以及上班族系列……其中固然不乏佳构，但此类题材写多了，自会泯除诗的艺术性。以古典诗为例，如果柳宗元的五言绝句《咏雪》，陈子昂的《登幽州台歌》，他们同样再连写十数首，可能就不会成为千古绝唱了。为此笔者特别企盼嗜写小诗的作者，不妨挖掘多种题材，开发更多未知的处女地。

这里实际是两种情况：一是命题作诗，为诗造情；二是一点诗思，兑水稀释。"挖掘多种题材"是救治之道，但不是唯一的药方。关键是要有诗的发现，所有的发现都是第一次，别人发现过的你再重复，就是照方抓药，拾人牙慧了。我们的诗里，不但写山水、草木、花鸟、月露这类"老题材"有这种轻车熟路到此一游的游客，就是"红高粱""血色黄昏"之类新意象，你写我也写，就都是别人嚼过的馍，没味儿了。

　　小诗创作发展到目前，虽然没有绝对的体例，但已隐隐约约铺设出一条路，每位从事它的创作者，除非常有灵光一闪，或神来之笔，否则故意设计捏塑，可能画虎不成反类犬。同时创作小诗也应尽量摆脱几个固定的模式，避免使它僵化。

这里谈的是规范与创造的辩证关系，也不仅小诗创作如此。"故意设计捏塑"的"画虎不成反类犬"，以及僵化于几个固定的模式，都是窒息创作生机的死路或邪路，邪路归根结蒂也是死路。

张默是有创作经验的诗人，又是有理论主见的诗人。这"五点浅见"表明他不随波逐流。我们的诗评家们也许以为所谈不足为奇，但他能毫无顾忌地笔之于书，确是出于希望诗歌创作避免出现劣币效应的危机的诚意和热忱。

一九八八年九月二十七日

《中国大陆新诗评析》读后

　　《中国大陆新诗评析》（一九一六至一九七九），高準著，台北文史哲出版社一九八八年九月初版。共七百页。有胡秋原序，曾祥铎跋。书前有作者阐述写作经过与体例的代自序《一段艰困的途程》；附录有原定《中国新诗史论及作品选析》总纲目、选录诗篇年表、中国新诗人（八百二十五人）生（卒）年表、主要诗集及参考书目表，以及主要人名索引。

　　这本书的著者、诗人高準前后历十余年的搜求遴选，从所过目的大约一万六七千首新诗（一九四九年以前的约四千多首，一九五〇年以来大陆的约一万二千首以上），选定了自胡适至舒婷七十一位诗人的诗作共一百零一首，也真可以说是"衣带渐宽终不悔，为伊消得人憔悴"了。

　　高準为全书写了引论《中国大陆新诗发展的轮廓》（一九一六至一九七九），并于每位作者写了传略，每首作品写了简说。据他自述，是以"气韵生动"作为美学标准，以人道主义、爱国主义、民主主义作为政治标准，同时照顾各种风格流派的代表性。我以为具体作品的去取或评价，读者容有不同意见，但不能不承认选家贯彻了自己的原则。可能由于高准"在水一涯"，有利于超越意识形态的或其他人事关系的局限，在选目和评析上也就更易表达和发挥独立的见解——不管这种见解是否处处精当。如一九四九年以前诗作入选的五十一首，不但与朱自清编的《中国新文学大系·诗集》，而且与香港版的《现代中国诗选》相重的不多；一九四九年以后的部分，与大陆的一些选本相同的更少。这种选本的特色，应该说就是选本存在的价值吧。

当一九七〇年高准开始规划这一堪称巨大的工程时，在台湾，《中国新文学大系》还形同"绝密文件"，早年诗集单行本能找到的也不过胡适、朱自清、刘大白、徐志摩四家而已。今天，情况可能略有改观，但像这样认真地力求绍介"五四"新诗在大陆六十年发展全貌的选本，恐怕还是第一家。由资料不足造成的缺憾，是可以通过增订来弥补的。我想这是此书对台湾的读者和研究者的意义。至于它对大陆的借鉴意义，可以说是多方面的：著者评论中透露的从中国传统诗学观点探讨对中国诗传统的继承的意图不必说了，即使就选诗所下的苦功夫，而不是人云亦云或仅凭作者自荐，对作品和作者的评论都直抒己见，具见胆识，而不是躲躲闪闪或敷敷衍衍，都是说来容易，做起来不那么容易的。至于不惜工本出版这样篇幅大、装帧精，有学术价值但未必畅销的书，不是也很值得我们的出版家特别是思想文化工作领导部门的决策者看一看、想一想么？

长江文艺出版社决定出版包括新诗70年有代表性诗人作品的《中国新诗库》，在这方面表现出值得称赞的气魄。第一辑共分郭沫若、刘大白、冯乃超、王独清、徐志摩、穆木天、陈梦家、闻一多、朱湘、林徽因十卷，已由周良沛编选出版。期望能顺利地出下去，几年内达到预期的百家百卷。不过据说也遇到一些麻烦，如胡适卷、周作人卷还须另打报告请准才行，让人不免感到奇怪。高準的书里未选周作人，那是因为周作人的白话诗在形式上弃韵就散，在高準所谓"内容及形式都不太讲究"的白话派中也为他所不取，故不入"评析"之列，并不是因为这一"五四"时期的文化战士"晚节不终"的缘故。

应当提到的，是高準选了大陆上一位无名诗人、贵阳市工人黄翔的《火炬之歌》等二首，并以写于一九六九年的《火炬之歌》列入二十世纪六十年代部分，评价为六十年代大陆新诗的压卷之作，我以为是极有见地的。这首诗不但置于六十年代"文化大革命"时期是不可多得的好诗，即以今天公认的尺度来衡量，也仍然是一首闪耀着激情、理性和艺术光芒的好诗。这是艾青《火把》和他一系列歌唱太阳与光明的诗在几十年后的回声。关于黄翔的诗，应该由诗评家们研究，写出专文，这里只是联想所及，提请读者注意。

感谢高准做了一件有益于台湾读者也有益于包括两岸在内的中国新诗的发展的工作。希望早日看到高准计划中的台湾诗人作品的评析出版。也希望大陆能有对"五四"直至当代的新诗，包括在台湾和海外写作的华文诗人的作品更多、更好的选本、评析和研究专著问世，这不是"套话"吧？

一九八九年二月十二日

第三编　分享诗情

小　引

　　有好诗读，一首，乃至一句两句，若酷暑中得沐凉风，焦渴中得饮醇醪，不亦乐乎，能不思与良朋分享乎？

　　乎乎乎，半文半白，透出酸气。好诗必无酸气，无论新诗旧体。我于诗的鉴赏，不分中外，不分传统和现代，也不分"新""旧"，不分格律诗和自由诗；分什么呢？只分好坏。或说，好坏亦难言之矣，则我所谓好，就是在某一方面打动我，使我动情，并且感到这是诗人情动于中或独具只眼之作，因而引起共鸣的。

　　我以为，好诗起码包含着一定的感情和思想的信息，传达给我，我也比较顺利地接受了；好诗必不会"不知所云"。

　　我有一首"新体"的打油诗：

我是一首诗

化为一段云

不知何处是归宿

日夜飘浮无定所

遂有一个美丽的名字：

不知所云

胡昭《清明雨——亡妻陶怡廿二年祭》

年年四月清明夜

——或早几夜或晚几夜

　　或接连几夜，都会有

零零落落的雨点

来敲我的窗、敲我的门

可是你黎明前悄悄回来了

认不出这新的家园

敲门敲窗犹疑而小心

你要认认家门，寻你的记忆

留恋着，在窗外逡巡

有什么放心不下，有什么未了的

人情和心愿

还是召唤孩子的童年，焦虑与温馨

当发觉记忆已逝，往昔淡去

你可失望么，在黎明中消隐？

若是你想回来就随时回来

不管是清明、谷雨、春分

好像你最爱的是清明

——你去也清明来也清明

不要怕惊醒我，有什么要紧

即使醒了，即使一时旧梦难温

就让我大睁着眼睛

听一阵，望一阵

哪怕窗外和窗内

雨纷纷、泪纷纷

也许诗句也纷纷……

一九九四年春

这首诗摘自辽宁民族出版社一九九五年出版的作者诗集

《生命行旅》（当代满族诗丛）。

胡昭的诗一向不事雕琢，他习于用有如小溪潺潺的平和自然流利的语调，倾吐他的心情。

我不禁想起苏轼的那阕"江城子"："十年生死两茫茫……"。在陶怡不幸而去的当年，胡昭好像没有写什么（或是至亲无文，或是在"文化大革命"中欲哭无泪），一过二十年，生者已垂老，幼小已成人，就在陶怡的祭日，又是细雨纷纷的清明夜，诗人彻夜未眠，在黎明之际，他还在雨声里替已故的妻设身处地，猜度她种种心思：这喁喁的是对话，更是自语，把淅淅沥沥的怀想诉诸缥缈的亡灵，又体贴着亡灵的迟疑、留恋、焦虑和未了之情。读者亦不胜清明夜雨的凄凉了。

冀汸《我》

最熟悉我的坎坷的是我

最不能掌握我的"命运"的也是我

最了解我的隐私的是我

最不明白我的缺点的也是我

最忠实于我的朋友的是我

最不肯和我妥协的对手也是我

我是我的矛

我也是我的盾

我的矛能够刺穿我的盾

我的盾也可挫断我的矛

我活着只能永远是我自己

我死了更不会忽然变成别人

一九九二年七月五日晨

一诗一世界：邵燕祥谈新诗

能够正视自己的是勇者，这样的人，才能够说"最不肯和我妥协的对手也是我"，也才能说"我活着只能永远是我自己／我死了更不会忽然变成别人"。

这首诗印在诗集《灌木年轮》（人民文学出版社，一九九五年版）封面上，大约可以视为诗人冀汸的宣言。

在"方生未死之间"的一九四七年，冀汸写过只有四行的《今天的宣言》：

　　鞭子不能属于你
　　锁链不能属于我

　　我可以流血地倒下
　　不会流泪地跪下的

在二十世纪四十年代，冀汸写了《跃动的夜》等长诗，也写了许多像这样易于成诵易于流传的短诗；并不都如誓言，如寸铁，也有不少含蕴着青春的希望和纯情，如《雪天》：

　　什么都披上尸衣了
　　什么都被活埋了

死亡的死亡了

哭泣的在哭泣吗？

而你知道不知道：

竹笋是不是在冒芽？

冬青是不是在开花呢？

  在《灌木年轮》一集最后收有《夜歌》和《短笛无腔》两辑各七首短诗。除了前引的《我》以外，几乎每一首都挂着曾经沧海带来的含盐的泪滴："我的歌／谁爱听呢？／／我的歌／没有声音／问号不少／惊叹号更多"，但他还要跋山涉水，寻觅遗失的歌声，"最好有一双翅膀／即使找不回那歌声／也能俯视风景"；他看到什么风景？在动物园里，狮子在囚笼踱步，"永远走不到尽头／永远在梦里走向非洲"；他看见在没有亮光的时刻，孩子害怕，但"酒徒欢喜／盗窃犯欢喜／赌棍和卖淫的女人欢喜／阴谋家最欢喜／一切诡计／混淆在黑色里"。但耄耋之年的诗人在忧患中仍然有不灭的希望；他说，不要以为只有布谷鸟、纺织娘才是季节的歌手，夜愈深，愈静，繁复的歌愈响，他听到了"受屈者的呜咽／苦闷人的叹息／病患者的呻吟……"，但他也听到了"还有／婴孩们／甜蜜的啼唤"！

历经"胡风案"以来诸多坎坷的诗人，绝不只歌唱一己的悲欢，请看他短短的五行诗里展现多么开阔的胸怀——《怀念》：

开阔地带
歌声最宽广
由于这个缘故
风怀念大戈壁
水怀念海洋

陈明远《盔甲》

画家请我卸下盔甲
他要赞美我的伤疤

他说："世上最令人陶醉
　　就是那种残缺之美
司芬克斯的塌鼻子胜过嘴
　　维纳斯残臂胜过腿……

"你的伤疤是响当当的勋章
　　永远印在自己身上
没有一个盗贼能够抢走
　　没有一个骗子敢于伪装

"何必用盔甲掩盖伤疤

　　虽然它的真容令人害怕,

它是地质断层的峡谷

　　于粗犷之中显出伟大

"这伤疤描出史诗的插画

　　应该在博物馆高高悬挂;

它赛过一切流行的情歌

　　压倒了超级明星的金发……"

绷紧的油布激动得颤抖

　　彩色的妙笔准备生花——

画家的浓眉拧成问号

　　我微笑的嘴角作出回答:

"请你摸一摸这全身盔甲

　　它们就是我的伤疤!"

一九七八年

这是陈明远在"文化大革命"后写的一首诗,应是在彻底平反前后。这位早慧的诗人，少年写诗，就得到过郭沫若、田汉、叶以群等前辈的关怀和指导。他曾把郭沫若的一些旧体诗译为新体，使其中的诗意得到很好的阐发和表达。他也习作旧体诗，有一些境界开阔，并时见壮语警句，在"文化大革命"中经手抄流传，没想到曾被误认为毛泽东诗词。更没想到的，是真相大白以后，诗人竟以"伪造毛主席诗词罪"而罹祸。

在无法无天、昏天黑地的"文化大革命"期间，陈明远也写过不少的诗。如一九六七年初的《二十六岁致裴多菲》："我被宣判为罪恶滔天／胆敢参加你的俱乐部／受你蛊惑口出狂言／坠入牛鬼蛇神的队伍／那刺穿你心脏的／哥萨克勇士的矛尖／又磨得寒光闪闪／死死地盯住我眼前"，几笔写出当时的典型环境，政治氛围；而"有多少英杰 怀里藏着／自由的诗篇迎向枪弹／我也曾奉献五月的鲜花／铺满先驱者的墓园"，"啊！让我微笑着伸出／坚定的手 跟你做伴／咱两踏着轻快的步伐／一直歌唱到逝水岸边"，从这里，我们听到了十九世纪欧洲浪漫派和中国"五四"特别是左翼诗歌的回响，一个红旗下长大的，充满五十年代革命情怀的理想主义者呼之欲出；连诗人的心跳我们仿佛都感觉到了。

十几年后写的《盔甲》一诗，则显得更加深沉，不再是"微笑着"伸出手来，"踏着轻快的步伐"赴死的姿态，一变而用"微笑的嘴角"作出回答，此时他遍身的伤疤化为盔甲，随时迎接着新的挑战。这一抒情主人公的形象，远远超越了表现自我的意义，而具有了我们习惯说的"典型性"。

　　我向来对写诗讲所谓"谋篇布局"之说颇有些反感，然而我并不认为诗可以散乱无章。这首诗有意无意间形成"卒章显其志"的效果，无疑是结构的力量。读者可以默读几遍，其意自会，不须多说。

一九九七年九月六日

朔望《只因——关于一个女共产党员的断想》

　　只因一只彩蝶翩然扑到泥里，诗人眼中的世界再不是灰褐色的。

　　只因一个弱女子的从容死去，沉重的中国大地飞速地转动起来。

　　只因当时我没能搭救妈妈，我要学会咬敌人的双手。

　　只因闺女她是这般死的，老妇人只顾取出长锋毛锥笔，写下几行方正的大字。

　　只因一个好女子的凄然一笑，使我们身边平凡的妻子都妩媚起来。

　　只因一株玫瑰多刺，所有假正经的屠夫手心里都捏着汗。

　　只因你胸前那朵血色的纸花，几千年御赐的红珊瑚顶子登时变得像坏猪肝一般可鄙可笑。

只因你名字里有个"新"字，我们喝道：那厮既提不得，不提也罢，免得污了我的口！

只因敌人在你身上拨动了一根琴弦，使九亿人心头不可抵挡地响起了复仇的大音。

只因夜莺的珠喉戛然断了，她的同侣再也不忍在白昼作清闲的饶舌。

只因你的一曲《谁之罪》，使一切有良知的诗人夜半重行审看自己的集子。

只因我们曾眼睁睁容忍你戴着钢手铐而去，中国工人将监督社会上每一斤黑色金属的用途。

只因你当日无意乞灵于法律，却为后世中国百姓赢得了第一部社会主义民权大典。

只因你沉思的慧目，中国三代人触电也似地感到革命者的痛苦、美丽和尊严。

只因你是光明，我们痛恨一切黑暗。

只因你的大苦大难，中华民族其将大彻大悟?!

此诗刊于一九七九年七月十四日《人民日报》。诗人为纪念张志新而写。今天的青年、少年、儿童多已经不知张志新是什么人，那么也就弄不懂诗人在这里说的所为何来。中年以上的人如果也渐渐淡忘，印象模糊了，这大约是当日的屠杀者所期望的。然而，张志新真是一个不该遗忘的人。

我在这里仅向年轻的朋友提示一点，即张志新是在一九七五年四月，在辽宁盘锦大地上被以"现行反革命"罪处决的。赴刑场前她被残酷地割断了喉管！到一九七九年夏平反昭雪。其他细节，此处不赘。

不久以前，我在一篇读《顾准文集》的感想文字里，摘引了这首诗的片段。有人问起全诗；我认为应该让更多的读者一读，这不仅是"分享诗情"，更是分担诗人那愤懑而负疚的诗思，重温——重新面对那无论如何都不可回避的历史。在像张志新这样以自己的生命殉自己的思想的牺牲者面前，浑浑噩噩简直就形同犯罪了。

在张志新遗像那询问的目光前，一九七九年出现了许多诗的答卷。另一首名诗是韩瀚写的只有五行的《重量》：

　　她把带血的头颅

　　放在生命的天平上，

　　让所有的苟活者

　　都失去了——

　　重量。

这两首都是自由诗（《只因》更可以叫作散文诗），充分发挥了自由体的艺术可能性，展现了沉郁顿挫而有节奏的散文美。两诗都偏重于思辨，但那思辨是经过感情发酵的，是夹带血泪的思辨，我们读时，不难同时感到情感的分量和思想的分量。诗人们用传统格律体和现代格律体写张志新，也有写得有力动人的，那是另一种表达方式；这两首诗，如此诗情诗思似乎只宜做如此的表达，无可更易，也无可替代的。不信你试把《只因》译成律绝，那会是另一种效果。而我们从同样工于旧体诗的诗人朔望笔下读到的这首自由诗，以其绝非蹈袭陈言的思致，发自肺腑的倾吐，以其百感交集而形成的杂沓密集的意象群，记录下一个特定历史时期人们的特殊的心电图——内心深处的悸动，至今使读者感到震撼，并从而思考昨天、今天和明天。

张志新不朽，这样的诗亦因之不朽。

一九九七年十二月一日

金克木《肖像》

你的相片做了我的镜子，

我俩的面容在那儿合成一个。

我在热闹场中更感到孤独，

到无人处却并不寂寞；

因为我可以对你私语，

我有那些说不尽的回忆。

记得我拾过你遗下的手帕。

记得我闻过你发上的香味。

记得我们交换过一些红叶。

记得我听过你念书，看过你写字。

记得我们并肩走过百级阶梯，

记得你那时的笑，那时的春衣。

我要喊你的名字却不让你知道。
我要数说你却不怕你生气。
我要对你讲些当面说不出的话，
却并不脸红，也不局促，也不忸怩。

因此我愿在无人处对着你，
看你的迷人的永远的微笑。

这首诗见金克木《雨雪集》（"袖珍诗丛·新诗钩沉"，湖南文艺出版社一九八六年版）。写于一九三六年或之前不久。生于一九一二年的诗人，其时二十出头，在他不多的诗里留下不少当时少男少女初恋甚至是单恋中的心态。

大约写于同时的《雨雪》《邻女》《招隐》等抒情小诗，都用极纯粹的口语，娓娓说出心事，一片单纯的心地，一脉曲曲的幽情。这些战前的散诗没有结集，自然谈不到流传；后来金克木先生以学者闻，虽未必悔少作，但也必定不愿以旧日喁喁小儿女语去赢得个"小资产阶级情调"的帽子。这些诗的湮没无闻几乎是注定的了。

何其芳曾写过，"设若少女妆台间没有镜子，成天凝望着悬在壁上的宫扇"，而金克木在这里写的则是一个少年以女友的相片当作镜子，凝视之间，仿佛自己的面容也在那儿合二为一了：这是多么专注的投入，多么痴情的幻觉啊。

在回忆中，那关于手帕、发香和红叶的细节，可能是真实的，但并不是独特的，旧日戏曲里就有《香罗帕》，赵树理晚年小说《卖烟叶》也写过"学生娃"互赠红叶，却是讥笑口吻。"听过你念书，看过你写字"，虽似平常，乍看像只是标明诗中人的身份，其实这种在听念书、看写字中萌生的感情，呈现着少男少女的纯真；而"记得我们并肩走过百级阶梯，记得你那时的笑，那时的春衣"，于作者或是纪实，于读者却是一幅广角的动态的画面，一个使人会心而笑的想象的空间。

金克木当年另一首只有八行的短诗《羞涩》，写的是少女：

一笑便低下眉眼，

你有什么不如意吗？

得意才感到不安呢。

又被我猜对了吗？

乍来到世间旅行的生客，

你的自觉的悲哀开始了。

你已自己知道自己的可爱，

不久便会听到你的幽怨声了。

　　《肖像》没有去写"自己知道自己的可爱"的少女的羞涩，而写了爱着可爱的少女的少年的羞怯：他面对照片"讲些当面说不出的话""却并不脸红，也不局促，也不忸怩"。这也许会被时流目为过分"古典"了，但这首诗仍会像许多表现古典感情的作品一样，让我们看到世界上的确有人有过这样绝不带实利色彩的情感。我们在诗中人"愿在无人处对着你，看你的迷人的永远的微笑"的同时，好像也看到了那迷人的永远的微笑。

　　　　　　　　　　　　　　一九九七年十二月一日

刘荒田《白宫的蟋蟀》

报载，白宫草坪的蟋蟀，吵得总统夫人夜不能眠，那么——

送给我吧，把蟋蟀送给我
劳驾那位修整草坪的工人
盛在竹织的小笼子里
邮寄给我

在后院，找了多少回了
我拨开草丛翻开乱砖
竟没有蟋蟀
这在儿时抿紧的衣袋里跳动的
在空火柴盒里撑挣的
在我乡屋的墙根彻夜歌吟的

在黄昏满山坡地弹蹦的

蟋蟀啊，失去了你们

我思乡梦寐不能复眠

给我吧，白宫的蟋蟀

第一夫人的夜属于高贵的梦

有堂皇的国宴、华服

还有总统明天的早餐

蟋蟀呢，属于我的乡村

触须纤纤

夜复夜地，轻拨客心

一九八五年五月

蟋蟀，在农业社会是人家的常客，儿童的伴侣。两千多年前的诗歌总集《诗经》里，就不厌其烦地详记蟋蟀的行踪："七月在野，八月在宇，九月在户，十月蟋蟀入我床下。"北美纬度差不多，此诗虽写于五月，我想当年美国第一夫人听到蟋蟀叫，当也在夏秋以后。

旅美诗人刘荒田，原籍似是广东台山一个名叫荒田的村庄。他不怕蟋蟀声扰人清睡，倒是盼望有蟋蟀的"触须纤纤""夜复夜地，轻拨客心"，好重温童年的旧梦，梦回故园，那里该有古人"篱落呼灯"的意境吧。蟋蟀进入了中国的文化，栖息在中国人的精神家园，这就是为什么——我们在余光中、流沙河以及别的诗人笔下会频频遇到它。

在刘荒田当年写乡愁的诗里，这一首如脱口说出，绝无刻意为之的痕迹，也可以说最无技巧。人们或讥其粗浅，我却独喜其真诚。蟋蟀是天籁，这首诗也有如天籁。因此，用不着注释，也用不着讲评。

二十世纪八十年代中期，被白宫的蟋蟀吵得睡不着的当是里根夫人。无独有偶，我在中国北方一个海滨度假区，曾听说早在五六十年代，也算"第一夫人"的江青，嫌夏日的蝉噪干扰午睡，下面赶紧就招募乡村的孩子捉蝉，每一只给两分钱。我八十年代初写过《粘知了的孩子》一诗，写到这样的"恩赐"使孩子们在暑假用自己的劳动换来了"书本费"。白宫修整草坪的工人怕无缘得此"外快"吧。

刘荒田此诗见《旧金山抒情》（广州出版社，一九九四年版），近年他的诗域大大扩展，不仅反复吟咏乡愁了。我们在新时期之初选印海外境外的华文诗歌，多喜着眼于写乡愁的作品，未免狭隘，现在是突破了。不过我倒以为，乡愁是人类一种普遍的感情，即使千万里朝发夕至，人们各样的乡愁恐怕也会不绝如缕的。

一九九七年十二月三日

一诗一世界：邵燕祥谈新诗

蔡其矫《时间的脚步》

我听见它

当往日的呼喊变成低语

当长期的缄默化为悲愤

当颂扬之声不再感人

当眼睛寻找生动事物

我听见它

在面前的舞台上展开

当历史被召唤回来

在冰冷的记忆中

颠来倒去地浮现

当最好的经验

在现实的幕布上褪色

当千年的梦想

在幽暗中絮语

我听见它，我听见它。

　　我读诗往往注意后面附注的写作年月，从而大体了解此诗的时代背景。这本港版《蔡其矫抒情诗》，把年月日全删了，也许诗人是要我们在一个大背景下去读他的诗吧。诗是心声，毕竟不同于时事的注脚，除了直接"为事而作"的之外。这一诗集的编排也不是以先后为序。不过从相邻的篇目看，大约写于二十世纪七十年代中后期。①

　　诗人的本领是能把抽象的东西写得若闻若见，可触可摸；又能把相隔一纸的幽思幽情，化为宛曲含蓄的倾吐。我们无法引具体的史实事件来牵强附会，那就变成索隐派了；但如《文心雕龙·谐隐》所说，"谶者，隐也，遁辞以隐意，谲譬以指事也"，只要我们沿着诗人的指引，总不是无迹可循的。

　　多么好的"我听见它，我听见它"！诗人听见了时间的脚

---

　　① 顷获人民文学出版社新出的《蔡其矫诗选》，知此诗写于1974年。

　　　　　　　　　　一诗一世界：邵燕祥谈新诗

步：其时"往日的呼喊变成低语""长期的缄默化为悲愤"，本来充斥着颂扬之声，但"颂扬之声不再感人"……当"面前的舞台"和"现实的幕布"上，只剩下冰冷的记忆、褪色的经验、颠倒的历史的时候，当"千年的梦想在幽暗中絮语"的时候，诗人以他的良知和敏感，听见了时间的脚步：历史毕竟在前进。

诗人抛给我们一个疑问：难道历史的进步，只是靠时间解决问题吗？诗人没有给我们解答，那不是诗人的责任。

然而诗人给我们以乐观，正如他曾经这样写《悲伤》：

> 它不但不能压碎我的心
> 反而洗亮了我的眼睛
> 它没有一次能逃脱我的微笑
> 也没有一次能赢得我的尊敬

蔡其矫在抗日战争中写过《肉搏》那样追求散文美的自由诗，塑造了一个与敌肉搏同归于尽的青年英雄形象；他的《雾中汉水》为痛苦中跋涉的纤夫和步履艰辛的历史而忧心忡忡；他写了大量关于海的好诗，人们称他为"大海诗人"；他写红豆，写爱情，写精神世界里的风雨阴晴。他曾经从古典诗歌特别是绝句探索过语言的锤炼，这使他的诗珠圆玉润，但仍是现代汉语写的现代诗；他也借鉴了惠特曼、聂鲁达等外国诗人有力的表现手法，但他的诗绝对是自出机杼。

这首诗在他的作品里不算最好的代表作，也不属于广为传诵的那一类。然而我们看到诗人在他唯一钟情的体裁——诗歌里，倾听着，思索着，低吟着。他的诗永远年轻，诗人也永远年轻。

一九九七年十二月四日

孙越生《晚霞，心灵留恋的苍茫》

天边的晚霞，
散发出余烬的光芒；
我拉着板车，
孤独地走在田径上。

卑微的身躯，
在瑰丽的自然中神伤；
无权的知识，
在无知的权力下彷徨。

为什么今天又要用渺小
去渲染伟大的荣光？
还要用愚昧

来塑造圣殿的辉煌？

生命多么短促，
生活多么乖张；
在那长眠的墓地①，
黑梦也不能悠长！

晚风阵阵吹来，
余霞渐渐烧光；
只有求知的心灵，
留恋自然的苍茫。

一九七二年四月

此诗见社科文献出版社出版的诗画配《干校心踪》一书，是全书的小引。这本书则是孙越生先生二十世纪七十年代初在河南息县、明港两地干校时所作的诗和水彩画合集。从这本

---

① 在林彪下达"不吃饭、不睡觉也要把'五一六'分子统通挖出来"的动员令后，有位学员不堪逼供的冤屈和凌辱而自尽。此处所指墓地，即其葬身之所，但入土当晚即被人掘开，剥光衣服和塑料布，曝尸荒野。后由学员再次掩埋。途经此坟，每有同悲。故作。——原注

　　　　　　　　　　一诗一世界：邵燕祥谈新诗

书可以看到，知识分子当时遭受着以"政（治）审（查）""清（理阶级）队（伍）""接受再教育"等名义施加的迫害，但也正在这一迫害下觉醒。多才多艺的学者孙越生不久前去世了，这本书是那一个时代的记录，也是对孙先生的纪念。

近读韦弦的分析，认为《晚霞》一诗反映的正是受迫害而又无理可申的绝望之境里，物极必反开始的觉醒和思考，表达了情和知结伴而行的这种心路历程。第一段是写孤独的身影；第二段接着写良知对自己地位的自觉；第三、四段是良知进而对现实发出批判性质问，并感叹生活的乖张；最后由于良知深信这种善不会久长，所以才使最难挨的黄昏时光变成美的、可留恋的时光。

韦弦说与这首诗类似的还有《日暮春浓》等。《日暮春浓》一画，画出了明港三月一个黄昏的"桃花如面，菜花似焰，麦浪滚滚，翠野无边"，在这个背景上，浓墨重彩，一片生机；而与大自然同时"把春天的光阴奉献"以后，作为干校"学员"所收获的则是"写不完的交代，有嘴难辩；听不完的帮助，有口难咽""我向自然去请教，他指点我于无言"；自然所不能明言的，只有人的良知才能体会："只有人类良知结成的长链，才是不死的神仙，值得把青春和爱慕，向它奉献。"

我从这些诗和画，看到在干校令人窒息的政治气氛里，在难得的从整日劳动和"斗争"中脱身的作者，每天珍惜短暂的黄昏时分，面对"夕阳无限好"，做着心灵和自然的对话。书中独多对傍晚和入夜后的抒写，大约只有此时才能使心灵摆脱一会儿干校日程的干扰吧。

在这里须向年轻读者略做解释的，一是所谓干校，全名"五七干校"，并不是什么本来意义上的学校，而是对在职人员特别是知识分子进行审查集训的场所，一般情况下半日劳动半日开会，主要开办在二十世纪七十年代前期，适应"文化大革命"中"斗、批、改"阶段的政治需要，先后进行"清队""整党"等活动，对各种审查对象进行批斗和处理；其中除了所谓"走资派""黑线人物""反动权威"及有各种历史问题、出身问题和海外境外关系问题的人以外，还集中火力对莫须有的"五一六分子"进行了声势浩大的追查，追查对象绝大多数是"文化大革命"初期响应号召起来造反的年轻人；如前诗所注有一些年轻人在巨大压力下结束了自己的生命。

再是诗中"听不完的帮助"所谓的帮助，其实就是在开会和"个别谈话"以至审问中的批判、斗争、诱供和逼供，这也是现代中国政治中特有的语言现象。此诗一开头写的"我拉着板车"，是极典型的场景。中国接受改造的知识分子和一代"知青"，大约都有拉板车的经历。一九八二年六月《诗刊》发表的一首诗《我拉起板车》曾获过奖；如我记得不差，何满子先生曾在宁夏拉板车时因饥寒致病晕厥在路上。

一九九八年二月一日

彭燕郊《初夏——怀念一位友人》

阳光的影子在树叶上

树叶的影子在地上

风像水波一样溅泼过来

我们像是行走在水里面了

你见过那些鱼吗？游着，游着

忽然它们相遇了

忽然它们停了下来

互相交谈着

然后又各自游去

谁知道下一次相逢，将在哪里？

叫人怎能不珍惜

这繁忙生活里的短暂相聚

千百句话在片刻里说完

难道不就是诗?

一九八二年六月

得读《当代湖南作家作品选·彭燕郊卷》,内收作者一九七九至一九九四年间各体诗作。作者说是偶然机会印的一本诗集,读者却从中看到绝非偶然的成就。诗人彭燕郊有他的艺术追求,这本书记录下追求的痕迹,他的追求至今还在继续。

我一直以为,"五四"发轫的白话新诗,与前此的汉语古近体诗和乐府词曲等统称古典诗歌的传统,分属不同的审美体系。新诗的主流,并不从古典脱胎,新诗的前途也不在于向古典靠拢。

按照习以为常的诗的形式写出没有诗质的"诗"并不难;用具有散文美的口语,写出有诗味的诗来,才见功夫。正是在这个意义上,我欣赏彭燕郊这些执着探索的近年之作。至于报刊上有些诗无诗味无诗质,语言拖沓,连蹩脚的散文都够不上,那是另外一回事。

此诗第一段,让我想到了苏轼《记承天寺夜游》中写的,"庭下如积水空明,水中藻荇交横,盖竹柏影也。何夜无月?

何处无竹柏？但少闲人如吾两人耳。"那是月色入户的秋夜。彭燕郊写的是在初夏，但一样是与友人同步在斑驳树影里，是忙人不是闲人，却有一份明朗的欣忭。

第二段让我想到了那古老的鲋鱼的故事。它们曾经处于干涸的车辙里，相濡以沫。哲人叹道："不若相忘于江湖。"彭燕郊和他的友人，在一九八二年，当已出离了涸辙，然而，忽然相遇，互相交谈，又各自游去，"谁知道下一次相逢，将在哪里？"这不正是行将相忘于江湖的令人羡慕的境界吗？

我不知道诗人在这里是有意地用典，还是不经意地与前人暗合；但我相信，第一位的是他从现实生活中得来的感受，也许只是因为我心中有古代散文和寓言在，加入了我读诗的过程，使我加深了对诗的体验。然而，一般的年轻读者，不知道这些，也无碍于读诗和"进入感觉"。在中国诗词里，辞藻间常含故实或隐喻，意在启发读者的联想，扩大诗意的空间，而最善于用典的人，也正是妙在仿佛用典与不用典之间。胡适《文学改良刍议》笼统地标举"不用典"，其实"过激"，不过当时要全力颠覆文人诗的传统，矫枉过正，可以理解。

彭诗最后一段，"叫人怎能不珍惜／这繁忙生活里的短暂相聚"，是道出多少现代人的心情，又不限于诗人与他的友人邂逅之乐。而"千百句话在片刻里说完／难道这就不是诗？"写的不仅是长街上片刻的聚首，更是表述了诗的特征；你看，这短短十四行参差不齐的诗句，说了多少幕后的事，响着多少弦外之音？

一九九八年二月三日

杜运燮《无名英雄》

只是现象：如天地的覆载，
四时的运行，海洋的辽阔……
如一切最伟大的，没有名字，
只有行动，与遗留的成果。

你们被认出在人类胜利的
史页里，在所有的心灵深处：
被诚挚地崇敬，一天天
为感激的眼泪所洗涤，而闪出

无尽的光芒，而高高照见
人类有一个光明的未来：
建造历史的要更深地被埋在

历史里，而后燃烧，给后来者以温暖。

啊，你们才是历史的生命，

人性庄严的光荣的化身。

太伟大的，都没有名字，

有名字的才会被人忘记。

一九四五年八月十日晚

此诗原收入《诗四十首》（上海文化生活出版社《文学丛刊》，巴金主编，一九四六年版），半个世纪后收入《西南联大现代诗钞》（中国文学出版社，一九九七年版）。

一九四五年八月十日，诗人写这首诗，想必是在听到日本传出无条件投降的消息之后。过来人都不妨回忆一下当时想到一些什么；而诗人杜运燮，在抗日战争中曾经随远征军赴缅甸作战，先后写过《滇缅公路》《草鞋兵》《狙击兵》，以及《林中鬼夜哭》《被遗弃在路旁的死老总》等诗的诗人，他一定想到了在战场和非战场上为人类的胜利而行动，而牺牲，并留下了成果的无数英雄。

于是他写了《无名英雄》。他说，这些无名英雄，在人类胜利的史页里，在人们心灵深处，受到崇敬和感激；他们无名，但他们的行动及其成果，包容天地，充盈人间，照耀未来："建造历史的要更深地被埋在／历史里，而后燃烧，给后来者以温暖。"如果诗人写到这里为止，那还是我们熟悉的识见，只有当他写了如下的预言，而且我们在半个世纪后加以验证的时候，我们才相信真正的诗人乃是哲人和预言者了：

> 太伟大的，都没有名字，
>
> 有名字的才会被人忘记。

天地无名，而欺世盗名者则难逃"尔曹身与名俱灭"的命运。

诗人在这里歌颂无名英雄，就是歌颂历史，歌颂人性，因为"你们才是历史的生命，人性庄严的光荣的化身"。如果诗人不是亲历了战争和世情，参透了生死盛衰荣辱，很难想象他写出这样深刻的判断，而他当时不过二十多岁！

现在有些朋友将会不以我称颂诗中有"深刻的判断"为然，那不嫌太"理性"了吗？杜运燮诗的特点之一，就是既非浪漫的抒情，更不流于概念的宣讲，它是融感性和理性于一炉，激情沉淀的结晶，或者可以叫作知性的产物吧。

杜运燮无疑是抗战时期重要的有特色的诗人，但八十年代初《九叶集》在诗人丁芒推动下出版时，由于史学研究的举棋不定，他的名诗《滇缅公路》竟不得不付诸阙如。国内四十多年来的正式出版物里，只有杜运燮薄薄一本《晚稻集》，收的全是新作。这次《西南联大现代诗钞》收入杜诗较多，多少弥补了这一缺憾。

这首《无名英雄》并非诗人的代表作；取来评点，只为说明诗歌不单是"抒情"，读诗所分享的也不单是"诗情"，还有思辨或别的什么。尤其要借以说明，我们读到的开列许多人名、书名的诗歌史之类，常常不过是残缺不全的诗歌出版史罢了。

一九九八年二月十一日

周定一《南湖短歌》

我远来是为的这一园花。
你问我的家吗?
我的家在辽远的蓝天下。

我远来是为的这一湖水。
我走得有点累,
让我枕着湖水睡一睡。

让湖风吹散我一团梦,
让落花堆满我的胸,
让梦里听一声故国的钟。

我梦里沿着湖堤走,

影子伴着湖堤柳，

向晚霞挥动我的手。

我梦见江南的三月天，

我梦见塞上的风如剪，

我梦见旅途听雨眠。

我爱梦里的牛铃响，

隐隐地响过小城旁，

带走我梦里多少惆怅！

我爱远山的野火，

烧赤暮色里一湖波，

在暮色里我放声高歌。

我唱出远山一段愁，

我唱出满天星斗，

我月下傍着小城走。

我在小城里学着异乡话，

你问我的家吗？

我的家在辽远的战云下。

一九三八年作于云南蒙自南湖

　　此诗最近收入《西南联大现代诗钞》，得以面对六十年后的读者。我是第一次读这首诗，那流畅的话语，跳荡的节奏，使我一下体会到，当年大学生经过逃难式的长途跋涉，终于在大后方小城镇安顿下来那份愉快心情。

　　这小城里有什么呢？有南湖的一湖水，湖堤的柳树，望得见园里的花，远山的野火，听得见牛铃响和"故国的钟"，也就是校园钟声吧。从这首诗里，我们知道了远来的游子流连忘返，在这里"梦见江南的三月天""梦见塞上的风如剪""梦见旅途听雨眠"，真是故国神游，"梦里多少惆怅"！我们读到"湖风吹散我一团梦"，梦醒的诗人向晚霞挥手，在暮色里放歌，一直"唱出满天星斗""唱出远山一段愁"。诗人梦里的惆怅，该是有家归不得的离家背井之情；那么"远山一段愁"是什么？诗中没有说，也不须说，当时的读者在当时的语境，其实各有大同小异的"梦里的惆怅"，大同小异的"远山一段愁"，可以意会，尽在不言中。今天的读者，被领入这经过提纯的诗境，于好似空灵的意象中，不难补充自己的情绪记忆，触发定向的想象。

说"定向"，因为诗里有一两处提示了规定情境。篇首的一段说：

> 我远来是为的这一园花。
> 你问我的家吗？
> 我的家在辽远的蓝天下。

而最后一段则是说：

> 我在小城里学着异乡话，
> 你问我的家吗？
> 我的家在辽远的战云下。

点出了家乡沦为战区的大背景。差不多在同时，有成百上千的青年奔赴延安，在他们中间一度流行着田汉作词、贺绿汀作曲的《天涯歌女》："家山（呀），北望，泪纵横……"周定一此诗写出了当时西南联大年轻同学的心情，他们从平津出发走过了大半个中国，"我走得有点累"，而到达了与战地和沦陷区反差很大的和平小城后，在南湖边既有几分陶醉，又撩起了难以排遣的对家乡的思念。

诗的基调是对南湖以至蒙自的依恋。字里行间寻索，当时诗人和他的同伴，不过是绕湖而行，看看晚霞、野火，唱唱歌，再在月下傍着小城走走罢了。诗人却动用了风花和水月这些熟稔的意象，极写其美；像"我枕着湖水睡一睡""让落花堆满我的胸"，是在总体上平实温婉语调中的艺术夸张。若在二十多年前，于此等处怕都要认为不合"规范"，至少是"小资产阶级情调"吧（迁校后方，怎么能说"我远来是为的这一园花""我远来是为的这一湖水"，而且竟不正面表示对日本侵略者的态度，不落实到学习的决心呢）。

今天的读者会认为这一切是不言自明的了，这也才谈得到审美。

一九九八年二月十二日

昌耀《斯人》

静极——谁的叹嘘?

密西西比河此刻风雨,在那边攀缘而走。

地球这壁,一人无语独坐。

一九八五年五月三十一日

这首诗在这个世界上诞生十三年了。还不能断定它一定会传世,会不朽。但我自从读到它,我就记住了,除非一旦脑软化,这三行无韵无律的自由诗将长久地铭刻在我的记忆中,以它的独特,以它的"不可说"的空灵和模糊性。

这是以地球为背景的大境界。但不是"立在地球边上放号"的郭沫若,也不是"站在世界上 / 不停地 / 走向它的深处"的里尔克,而是遥对着密西西比河上风雨、块然独坐于此时此地的"斯人"之诗。

陈子昂登幽州台，"前不见古人，后不见来者；念天地之悠悠，独怆然而涕下"。天地悠悠，诗人俯仰古今，他比后来感叹"萧条异代不同时"的杜甫陷入更深的寂寞，因为面对无边无际的空间和无始无终的时间，他的寂寞以至孤独，无处诉说更无以自解。

而在这首诗中，无论是密西西比河那边还是地球这壁，都只写一个"此刻"，那边的风雨在攀缘而走，这壁唯有无语独坐，一动一静，动静相生吗？不知道。只知道此时此地"静极"，静极生动，微闻一声叹嘘，却又不知是"谁的"。我们仿佛与"斯人"一同无语而坐，我们心中是否掠过一阵风雨？在"静极"时分，我们会不会也听到或是发出一声叹嘘？是一声静极中的叹嘘，把辽阔的、被风雨攀缘的地球之"那边"和"这壁"给连接起来了。

此诗虽说无韵无律，但字字是经过拣选、掂过分量的，"叹嘘"而非"叹息"，风雨而称"攀缘"，避免因太熟而钝化了语感；"地球这壁"而不是"这边"，不仅因江山可称半壁，更因为这样可以使人想到面壁之说，加重了无语独坐的气氛。

仅仅是一种寂寞或孤独吗？谁知道？

正当我揣摩这首诗，无意中读到藏族诗人才旺瑙乳的组诗，我读到了"在高原比久远年代更高更远的地方／一个红铜的孩子／坐在风暴熄灭雨水洗涤过的／一块石头上／……四周是空空的远方／雪落着。他目光清澈，嘴唇苍白／野兽一样凝视着太阳"（《史诗》），"我坐在九三年的拉萨河边／像一块韧性很好的石头／坐等一件往事／没有任何冲动和感觉"（《在拉萨纯净的天空下坐等一件往事》）。这使我想到青藏高原上，大概多的是千古如斯无语的石头，启发人们倚石而坐，坐于石上，或者像石头一样独坐沉思。

苏联一位小说家，写过一个小孩总在黄昏时见一位老人独坐河边望夕阳，直到老人不再来，听说老人死去，他才知道那是一位盲人。

我想，世界上世世代代应有无数的"斯人"，盲或不盲，聋或不聋，就那么独坐，对斜阳，对风雨，凭窗，或面壁，就那么静静地，也许偶尔发出一声自己也难解释的叹嘘。这就会和诗人昌耀的心相通吧。

我原是说此诗"不可说"的，试说一通，跟没说一样，还是请读者用自己的心灵直接去感受文本，"读之百遍，其义自见"，也许最靠得住，即使误读，也是自己的读法。

一九九八年二月十六日

梁小斌《玫瑰花盛开》

玫瑰花盛开。

玫瑰花盛开。

我要到公园的草坪上去——

一个舞剑的少女也许在等待……

去年春天，她刺了我一剑，

我觉得，她的眼睛闪着温情的光彩。

虽然那一剑没有刺伤我，

疼痛却在心里，珍藏到现在。

我还梦见她黑发上的那朵玫瑰

在月色中落下来……

我来到公园的草坪，

哪里还有少女的影子？

花园里盛开着一朵火红的玫瑰，

我心中燃起了隐隐的悲哀。

玫瑰花盛开。

玫瑰花盛开。

这首诗收在弘征选编的《当代爱情友情诗300首》（湖南文艺出版社）。梁小斌，十几年前的诗歌读者都熟悉这个名字。二十世纪八十年代初，他以《雪白的墙》《中国，我的钥匙丢了》，写出他和他那一代"挂钥匙的孩子"的记忆，迷惘和向往，就像书法中的稚拙体一样，用他近乎天真的话语。

这首诗未注明写作年月，我猜也不迟于八十年代中叶。因为还带着作者那时的诗风，那时的语气。

乍一读，我想起唐代崔护那首脍炙人口的桃花诗："去年今日此门中，人面桃花相映红。人面不知何处去，桃花依旧笑春风。"这不是生死以之的爱情，而是惘然若失的一份怀恋，曾经邂逅，失之交臂，积日成月，积月成年，时间便是天涯了。

梁小斌此诗也是以今年忆去年，但绝没有"不见去年人，泪湿春衫袖"的感伤，因为本来就没有过"去年元夜时"的"月上柳梢头，人约黄昏后"，什么都不曾发生过，发生过的只是一个少年的"一念"——他记得"去年春天，她刺了我一剑""虽然那一剑没有刺伤我"，根本不可能刺伤，那不是什么剑，也没有什么"舞剑的姑娘"，只是一个姑娘"眼睛闪着温情的光彩"，或许那么不经意地瞥了少年一眼吧。

然而一瞥钟情，"疼痛却在心里，珍藏到现在"，整整一年了。如果在平常生活里，我们会笑这个少年"自作多情"，读这首诗，我们若做出这样的评价，就上了诗人的当。诗里明明白白地暗示我们，这一切是"莫须有"的："我还梦见她黑发上的那朵玫瑰／在月色中落下来"，固然是梦；去年春天在公园草坪上"刺伤"他的少女更是虚幻的，今年春天他去重寻旧梦，想着的是少女"也许在等待"他，但"哪里还有少女的影子"？自然在他的预设之中。他玩弄小狡狯，像布莱希特那样，告诉你他所故布的疑阵，都只是为一个"玫瑰花盛开"的意象做的铺垫：

　　花园里盛开着一朵火红的玫瑰，

　　我心中燃起了隐隐的悲哀。

火红的玫瑰！它和心中的悲哀的对比是强烈的。这盛开的玫瑰和那温情的眼光，和那心中的疼痛，是不是一回事？是因为火红的玫瑰的高贵、炽热，可望而不可即和不可攀折，引起了隐隐的悲哀，这悲哀又将如玫瑰一样火红火红地燃烧起来？

像"雪白的墙"一样，在这里，"火红的玫瑰"是梁小斌亮给我们的一个符号。这首诗似写爱情却不是爱情诗，涉笔谐谑又不是谐谑诗。

一九九八年二月十八日

出版说明

　　《晨昏随笔》，二十世纪八十年代三联书店初版，为"今诗话丛书"之一。这一回改订重版，作为"大家小书"的一种，书名易为《一诗一世界：邵燕祥谈新诗》。

　　一九八四年，三联的范用先生说他们接受舒芜先生的建议，拟出一套诗话，邀我加入一本。我欣然受约。遂即开始按我国古来诗话体例写了一批就诗人诗作略抒己见的短文，并以"晨昏随笔"的总名，分别陆续刊发在刘再复先生主编的《文学评论》和闻山先生主编的《文艺研究》。后来集成交给三联（只抽下我当时认为体例不合的两则，如述一九五七年诗刊社的端阳诗会等，曾刊于高汾先生主编的《经济日报·副刊》）。

　　书印出来，封面设计为范用所作，简洁而醒目。标明"今诗话丛书"，但都是当代诗人写的论新诗的文字，据说已与舒芜原议异趣。我不知"今诗话"之名是谁的倡议,我以为应是指"今"之诗话,而不限于"今诗"之话的。所以我所写有一部分涉及古典,也还有谈俄国十九世纪民歌的。

现将《晨昏随笔》正文照录,原有的附录删去。遵"大家小书"主持者意见,补充若干谈诗的文字。我将曾在《文艺报》和《文汇报》所开"彼岸他山"和"分享诗情"两个专栏的文字附后,也都是就诗人诗作有所评述的,前者介绍台湾诗人,每篇稍长;后者还是一诗一议的诗话样子。

作者

二〇一九年七月十八日

国家新闻出版广电总局
首届向全国推荐中华优秀传统文化普及图书

‖ 大家小书书目

出版说明

　　"大家小书"多是一代大家的经典著作，在还属于手抄的著述年代里，每个字都是经过作者精琢细磨之后所拣选的。为尊重作者写作习惯和遣词风格、尊重语言文字自身发展流变的规律，为读者提供一个可靠的版本，"大家小书"对于已经经典化的作品不进行现代汉语的规范化处理。

　　提请读者特别注意。

北京出版社